小廖與阿美的沖印歲月，還有　攝影家三叔公

廖瞇——著

目次

推薦序　攝影如此庶民，故事不必偉大　陳佳琦　5
代自序　13
1　雖然李鳴鵰是我的三叔公　23
2　西門町的小廖，羅東的阿美　33
3　少年修片師李鳴鵰　45
4　「三菱彩色」那棟樓　沖印廠作業流程與生態　57
5　李鳴鵰在做什麼？　「攝影三劍客」傳說　95

6 小廖開「洋洋」，阿美當老闆娘 家庭工廠起家的器材師傅 117
7 他們還不知道，彩色沖印就要飛起來了 「抓得住我」的軟片們 149
8 小廖種菇 167
9 小廖繞了一圈後回台灣 小相本的祕密 177
10 小廖阿美終於開了自己的店 199
後記 跟小廖去暗房 219
註釋 232
附錄 李鳴鵰、小廖與阿美、彩色沖印發展對照年表 235
謝辭 243

推薦序

攝影如此庶民，故事不必偉大

陳佳琦

回想起來，認識廖瞇已經是五年前，編輯昀臻將我們約在一起。《滌這個不正常的人》剛出版不久，當時對這本書，找不到修辭，找不到文學批評的方法予以名狀。裡面並存疏離的觀察與冷，以及細到不能再細的親情與熱，讓我很訝異，怎有一本書如此寫親人、寫狀態。

廖瞇說，台灣前輩攝影家李鳴鵰是她的三叔公。我很開心。台灣攝影史長期缺乏田野調查與史料挖掘，若有攝影家後代願意追索，再好不過。畢竟我們這些研究者只是路人，仰賴緣分，查不下去半途而廢皆是日常，老想挖人族譜，自身一無所知，硬碟塞滿各種沒下文的干卿底事他人事。

一開始，廖瞇的確想以李鳴鵰為主角，有時晚輩對先人成就所知比研究者少，很正常。最初我回覆廖瞇的各種詢問、介紹可聯繫的史料前輩、描述一九五〇、六〇年代的時代氛圍、攝影環境，以及李鳴鵰的歷史定位，當然也包括自己的想像或臆測。譬如，能在戰後初期創辦《台灣影藝月刊》、引進知名的三菱月光相紙，我老早想過李的事業一定做很大，他的所謂「風格」可能也與試驗相紙有關。但這些皆無史冊記載，傳統評述都把焦點放於李鳴鵰的攝影作者身分上，談他照片中的光影表現、談他為攝影學會的付出，卻很少看到攝影家在產業面或社會性的一面。還好廖瞇挖下去，透過父母的人生、透過家族長輩的口中，總算讓我們得以窺見、想像一下李鳴鵰的事業規模。

五年間，不是沒有懷疑過此書能否完成。畢竟此路多艱，調查做了也可能寫不出什麼，或最終只好用想像腦補空缺。但廖䋚不是要走虛構的路線。猶記得她形容自己寫《滌》時，自述方法有點像在拍紀錄片，只能走下去，不到最後可能都不知道會寫到哪裡。我佩服拍紀錄片的人，拍片需要很強的執拗，她的自覺，使我的相信大於懷疑。

她最初也問我找暗房師傅，心想「真假？你是不用這麼認真，但我欣賞你的態度。」漸漸，我有感於她的「想要知道」超過我的預期，想知道很多很多跟攝影有關的事，我常想「你又不是要做學術，真的要這麼栽進『攝影』裡嗎？」但我也看得出來，廖䋚的「想知道」不是那種只為了完成一場有目的的書寫、而快速畫出一個「知道的邊際」的那種「想知道」而已，她的「想知道」十分厚工（kāu-kang）、不帶投機，充滿對未知的好奇。因此看她東西南北跑、四處追索，我確信她一定能忠實處理好口述和訪調，可如此一來，卻更預感她將寫得很辛苦。

第三年，我收到一個版本，一篇夾雜著後設視角與調查細節的真實敘事。那是廖瞇花了很長時間探索的攝影之無史、無線索地帶之後的成果，比較接近一份調查報告。我們通了近一小時電話。感謝廖瞇，她完全接受我的直言，如此固執且有毅力，沒有被我的實話擊敗。也因為這樣，手上的這本書，讓我完全能夠想像後來一年多的時間裡，她經歷了一場何其困難的大規模改寫。欣喜的是，廖瞇最終捨下難以建構的英雄敘事，讓家族的攝影巨人三叔公不是主角，而是重要的引子，牽引出的是一段庶民小廖與阿美揮汗奔忙的賺錢養家人生，也讓我們看見消逝的影像產業時代。

長長兜了一圈，廖瞇找回了自己的血與骨，自己所擅長的敘事語調。

年過四十的人應該還有印象，一九八〇年代之後大街小巷開起一家家彩色快速沖印店，到了九〇年代中期算是高峰，拚速度比吸睛，沖印店櫥窗裡常見一台大大機器，不斷吐出長長一串的彩色照片，觀光旅行、家庭紀念、普通歡笑……，延伸到機器另一端，照片一張一張裁斷。「要洗什麼尺寸？三乘五？四乘六？」老闆會問，然後叫你四十分鐘後就可以來取，連一集八點檔連續劇都還沒看完就好了，沖洗一卷大概一百多塊，老闆會給你個紙袋，裡面裝有三十六張底片袋跟一疊彩色照片，再附上一本小相本，自己回去裝，封面印有店名和品牌系統：柯達、富士、柯尼卡……

媒介變化如此迅速。數位時代來臨後，快沖店漸次退場。機器報廢更替，底片換成記憶卡，手工修片代以電腦軟體，沖印變成列印。科技帶來技術與產業，帶來生計；但是也能奪走技術與產業，拋下失去市場的人。不論寫真館、照相館、婚紗攝影還是快速沖印，照相沖印產業經歷了千變萬化，但在漫長的上一個世紀裡，這一行終究是一個頗能賺錢的行業。可如今，這個產業幾乎消失無幾，或轉換為工作室型態。

小廖與阿美不是攝影師，他們只處理技術端，與產業緊密結合、一同起落，這也是他們看似不重要卻又重要的地方。這是一段家族故事，也是一段時代故事。若說起家族書寫與工業，也許還能想到近十來年如吳億偉《努力工作》、鄭順聰《家工廠》等散文或小說。但是《小廖與阿美的沖印歲月，還有攝影家三叔公》在看似沒有太多文學技巧的平凡中，卻比起小說或歷史書寫導入了更多層次的產業變貌，廖瞇混合自身與親人的記憶，為史料太少的攝影往事注入一股鮮活的能量，那也是小廖與阿美的能量。

《小廖與阿美的沖印歲月，還有攝影家三叔公》可以當成攝影逸史來讀，也可以當成家族書寫來看。攝影在這時代，由於被美術館所接納之故，常常被想像得偉大了。但其實攝影是如此庶民、如此凡俗，大多數的人使用它只是為了記錄生活，沒有什麼特別。書寫攝影更沒有特定的方法，比起偉人傳說，也許需要更多的常民歷史。就像這場因為李鳴鵰而開啟的追索，讀著讀著，最終觸動人心的，還是小廖與阿美的顛仆闖蕩、日常瑣碎。

廖瞇的筆法使人感知，而非解釋意義。事實上，按照歷史學者海登・懷特（Hayden White）賦予的觀點，就是像我這樣的歷史研究者，並不擁有如何講述過去的專屬權。人人都可以是自己的歷史學家。就像作者經由「我是他們用洗照片養大的，卻對他們的工作一無所知」的一番頓悟，從無知到有知，舉重若輕地補充了知識學者所無法呈現的「歷史」。

陳佳琦，嘉義市立美術館館長，攝影及影像史研究者，國立成功大學台灣文學研究所博士。研究與趣包含攝影史、紀錄片、台灣文學與視覺文化。曾參與多項展覽及攝影史研究計畫，亦曾任二〇一六至二〇二二四年間台灣國際紀錄片影展初選評審。著有《臺灣攝影家——黃伯驥》（二〇一七）、《許淵富》（二〇二〇）等。

代自序

先是聲音，而後是畫面。

媽媽坐在一台機器前，她左手拿底片，右手在鍵盤上按啊按，此時會聽到啪嗒一聲，然後閃光，啪嗒，閃光，左手的底片就這樣一秒一下移動到右邊。接著是一條長長的照片，像河一樣從機器的尾巴吐出，然後喀嚓、喀嚓，變成一張張照片掉落。

這是我對洗照片最早的記憶。一九八六年，我九歲。我在媽媽上班的彩色沖印店，盯著那台機器吐出照片。才九歲的我還沒想到要問，機器裡面發生了什麼魔法，可以把底片的影像變成照片，但有著另一個疑惑。

店門口貼著「彩色快速沖印」「四十分鐘快速交件」的字樣。我覺得很奇怪，四十分鐘很久啊，是一堂課的時間，四十分鐘明明沒有很快，為什麼要叫做「快速」沖印？

讀高中時，爸媽終於開了自己的店，門口仍有著「快速沖印」四個大字。店開了十二年，最終不敵數位沖印，爸媽決定退休將店面頂讓出去。我看著快速沖印那四個字，第一次問了擺在心裡許久的疑問。

「四十分鐘有很快嗎？」

「喔，因為以前要花更久的時間啊。」

以前洗照片沒有門市，只有工廠，全台灣的底片都要寄到台北沖洗。爸爸說得很輕鬆，我卻有點聽不懂。從前沒有門市？底片全都寄到台北沖洗？那不就要好幾天？

「對啊，不急的坐火車，急的坐飛機，洗成照片再寄回來。」媽媽說。

爸爸繼續說，從前沒有快速沖印機，那時洗照片分成好幾台機器，沖洗底片的一台，打相片的一台，沖洗相紙的一台，烘乾的一台，再人工裁切。「每台機器都很大，一家公司有好幾個部門，上百人。」爸爸翻開相簿指著一張團照。我看著照片，找著爸爸媽媽，他們的臉在團照中變得很小，但仍舊能夠分辨。公司員工在大樓前合影，大大的字寫著「菱天大樓」。

突然意識到，我是他們用洗照片養大的，卻對他們的工作一無所知。

有記憶以來，媽媽就在洗照片，她一直坐在沖印機前打相片。而爸爸是拍照、修片、設定沖印機、換相紙、換藥水補充藥水、跑外務收件送件。一家沖印店只要兩個人就能撐起來，我沒想過在三十年前，洗照片是以工廠的形式存在。在某件專業上，從年輕做到老，在日文中稱為職人。但若用職人來稱呼我媽，她可能會說，什麼職人不職人，有一份工作可以做到老，很好啊。媽媽從讀大學夜校時進入菱天打工，到自己開店，一做三十四年。她的手拿過多少支底片？打過多少張照片呢？彩色沖印的黃金期，一天至少可以沖一百支底片，一支底片三十六張，一天是三千六百張。這樣乘一乘加一加，媽媽的一生，說是打過上千萬張照片並不為過。

而爸爸是高工畢業，進菱天打工，後來成為手工沖洗組的組長。快速沖印機出現後，傳統大型沖印廠逐漸轉型成連鎖快速沖印店，他被派駐各家門市協助機器設定。曾因想自己創業，三進三出，也跟過堂哥去到多明尼加開店。我看著爸爸的一生，他不使用手機，不會用手機拍照，這個曾經一天拍五十組證件照的他，「啵！」一聲就能抓住最佳表情的他，當我拿著手機請他幫忙拍照，他總是說，「我是手機白癡」「不要不要」。

看著菱天大樓的團照，看著照片中的爸爸與媽媽，第一次，我對這張泛黃的照片有了好奇。我仔細端詳，第一排的中位，是個西裝筆挺的長輩。爸爸指著他說，這是爸爸的老闆，也是你的三叔公。

「你三叔公叫李鳴鵰，是個攝影家。」

爸爸的老闆是我們的親戚？而且是個攝影家？等等，為什麼我們姓廖，三叔公姓李？

「你的阿祖姓李，他給姓廖的『招』。阿祖生的第一個兒子要跟廖家姓廖，就是你阿公。第二個兒子跟你阿祖姓李。」爸爸說。

我一邊聽爸爸說，一邊 Google「李鳴鵰」：

一九二二年出生於桃園縣大溪鎮的李鳴鵰，與鄧南光、張才是台灣攝影史中最為人稱道的光影先行者，三人以不同的寫實風格在四、五〇年代獨領風騷，他們經常參與展覽與評審，提攜後進不遺餘力，被攝影界尊稱為『快門三劍客』。」

接著是一張名為〈牧羊童〉的照片，然後是一個和藹可親的老人。我盯著那張臉，覺得有點眼熟。

「我認得這個人耶，這個人買過書給我。」

我見過李鳴鵰一面。

為什麼會在李鳴鵰家住一晚，我已經忘了，好像是祖母帶我們去。雖然不記得原因，但記得他家很大，獨棟的別墅。媽媽說怎麼可能，她怎麼都不知道？「你會不會記錯了？」媽媽說，我們很少跟親戚往來，「而且我們住高雄，三叔公住天母，你們是什麼時候去的？」我說我跟弟弟真的去過他家，「我還記得隔天他帶我們去書店，說要買書給我們。」

三叔公說，一個人可以挑兩本。我心想這個人好好喔。不知是否是日後的腦補，腦袋裡有著三叔公站在書架前彎著腰，推開眼鏡瀏覽書籍的畫面。我繞了書架一圈，挑了《野性的呼喚》。雖然想再挑一本，可是不好意思，一時也不知道該怎麼挑。最後，三叔公自己選了一本書給我，是賽珍珠的《大地》。至今我還記得那本書的封面，一個中年女子畫像的鉛筆素描。

問弟弟對這件事有印象嗎？他從書架取了本書：「我的是《拍案驚奇》。」

有弟弟的佐證，我確定這記憶不是杜撰。而當時還是國中生的我並不知道，眼前的三叔公是個攝影家，他對我來說就是個和藹可親的長輩。

「你三叔公很喜歡攝影，後來他叫你五叔公去日本學沖印技術。那台快速沖印機就是他們公司代理的。」爸爸說。

三叔公是因為喜歡攝影，所以跨足沖印業？可是印象中我的父系家族並不富有，三叔公是在什麼情況下接觸攝影？

我對這個只見過一次面，現已不在世的三叔公，起了興趣。

〈牧羊童〉，李鳴鵰攝影作品，一九四七。（李道真提供）

爸媽年輕時工作的沖印公司「菱天大樓」。第一排中位者為李鳴鵰與妻子廖月，爸媽也在後排員工中。

1 雖然李鳴鵰是我的三叔公

雖然是自己的三叔公，可關於他的故事，我幾乎是看書得來。原本以為爸爸能說上許多，結果他最常講就那一句：「你三叔公很有錢，非常有錢。」「你知道三叔公何時開始拍照嗎？」「後來生意做得很大，有錢有閒的時候吧。」看來對爸爸來說，李鳴鵰大老闆的身分，大過他攝影家的身分。

《時光・點描・李鳴鵰》，[2]是我從中獲得最多資訊的一本書，幾乎可說是李鳴鵰的個人傳記。我讀著裡面的故事，像是讀一個陌生人，一個與自己有關的陌生人。光是開頭，李鳴鵰的出身，我讀到那複雜的家族關係，終於解答了當初對李鳴鵰的許多疑惑。

一直對李鳴鵰接觸攝影的契機感到好奇，我以為攝影這東西應該是有錢人家才玩得起，但原來李鳴鵰小學沒畢業就去寫真館當學徒，所以照相修片對他來說不是什麼玩攝影，而是餬口飯吃的工具。可當我繼續往下挖，發現李鳴鵰真的是出生在有錢人家，只是這個「出生」並非直系血親那樣的單純。小時候看電視劇，演到從前年代的大戶人家，因為家產、因為香火，使得繼承一事非常複雜，這樣的故事，原來也曾在廖家上演。

這得從李鳴鵰的祖父廖文安，開始說起。

廖文安是日治時期桃園大溪的仕紳，開雜貨店，在頂仔街（今大溪鎮中正路）

有多間店面。但他與元配沒有子嗣，沒有子嗣，意味無人繼承香火與家業。於是廖文安買了義子，取名廖良松，抱了個名為黃氏環的女孩做童養媳，廖良松與黃氏環婚後產下一子，名為廖名龍，這孩子便是廖文安法理上的長孫。沒想到同年，廖文安的繼室也替他生了兒子，名為廖良福。而後不久，廖文安的義子廖良松，病歿。

這轉折使得家產繼承一事變得複雜，廖名龍雖為廖文安法理上的長孫，但廖良福是廖文安血脈上的骨肉。此時兩個有資格繼承的男丁，都還是小孩，於是廖文安又找了一個可靠的男子幫他打理事業，他招贅李登寅，娶自己的媳婦黃氏環。

李登寅與黃氏環婚後育有六男四女，女孩皆送人當養女或童養媳，男孩則依「抽豬母稅」之民間習俗，長男跟廖文安姓廖，也就是我的祖父廖名麟；第二個男孩跟李登寅姓李，也就是李鳴鵰。但在排序上黃氏環與前夫所生的第一個小孩廖名龍才是長孫，所以依序廖名麟排第二，李鳴鵰排第三。至此我才明白，為何李鳴鵰明明是李登寅的第二個兒子，爸爸卻要叫他三叔，我要叫三叔公。

這段與彩色沖印並無直接關係的故事，卻讓我有許多感觸。光是「抽豬母稅」這習俗的稱呼，我覺得並不好聽，像是把人比喻成豬，母豬送給你養，生了小豬後要還我幾頭。男方入贅到女方家，所生孩子要分幾個跟女方姓，這種重視傳宗接代的習俗，使得養兒育女似乎只為了傳香火分家產。而李登寅所生的四個女孩，明明有名字，卻好像沒有名字，我還能問到六叔公與七叔公的名字，而姑婆們的名字，不見了。

說到女孩，我也對我的曾祖母黃氏環的位置感到好奇。她是廖文安的童養媳，身分是媳婦，但當廖文安的義子廖良松過世，廖文安又替自己的媳婦找了個丈夫。一般情況，就算是「抽豬母稅」的習俗，也是替自己女兒找丈夫入贅，廖文安替媳婦找丈夫入贅，李登寅究竟是要喊廖文安什麼？

我的祖父廖名麟，雖是李登寅入贅廖家所生的第一個孩子，但他並不是從媽媽黃氏環的姓，而是從「阿公」廖文安的姓。但這個阿公，與他其實沒有血緣上的關係。李鳴鵰與廖家自然也沒有血緣上的關係。

而原本為法理繼承人的長孫廖名龍，二十出頭便因病過世。廖名龍過世，廖文安的親生兒子廖良福成年，年邁的廖文安著手處理家產，李登寅自願白手離家。

李登寅入贅到廖家，又白手離開，實際原因究竟為何，現已難追溯。但就客觀條件來說，當時運輸逐漸近代化，大溪開始有船舶行經溪流，將當地的樟腦、茶葉運至台北，回程時再順道載回唐山的物資，新的雜貨店在大溪興起，老店日漸難以競爭。已八十多歲的廖文安決定退休，將六十多年的老店出讓給他人。李鳴鵰原本住在最賺錢的那間雜貨行裡，但就在一九三三年，李登寅帶著一家大小共八人，辭退廖家門戶，「自感偶爾聽聞他人取笑家人『頭嘴多，吃倒店』的嚴重戲言，因此表示自責之念，白手離開。」[3]

兄弟合影。左起：二哥廖名麟、李鳴鵬、大哥廖名龍。(李道真提供)

李鳴鵬四弟廖名鴒結婚紀念照。新郎左方為李登寅，新娘右方為黃氏環，後排左四戴眼鏡者為廖良福，李鳴鵬立於黃氏環後方。(李道真提供)

離開廖家的李登寅等於從頭來過，白手起家，他在外租屋，賣布為生養活一家八口。當時李鳴鵬十二歲，小學還未畢業，後來他的叔叔廖良福，招呼他到自己開的大溪寫場當學徒。寫場，也就是照相館，日治時期也稱為寫真館。

而我之前以為有經濟能力才有機會學習攝影的想像，原來也不全錯，只是這個想像發生在廖良福身上。廖良福大溪公學校高等科畢業後便前往台北，報名「亞圃盧」（Apollo）寫真館的短期攝影研習班，寫真館主持人彭瑞麟，畢業於日本寫真專門學校，是當時台灣唯一的學士級攝影師。廖良福跟著彭瑞麟，是想成為新潮流的照相館攝影師，但他對攝影的興趣大過於現實需求，因他並不真的需要以此謀生。廖良福回到大溪後開了寫場，許多時間都在撞球間打球交朋友，反倒是他那當學徒的姪子李鳴鵬，在寫場認真學習修整底片的功夫，讓他日後得以養活自己，甚至有經濟能力繼續求學。

我忍不住想，如果李登寅當初沒有辭退廖家門戶，如果李鳴鵬繼續生活在廖家，人生際遇發展會是如何？當然，歷史沒有如果。

關於這段家族關係，我讀了好幾遍，從起初訝異當時的習俗與複雜關係，到後來的好奇與疑問。我不是會主動追溯歷史的人，而當我想了解李鳴鵰，得知過去這段故事，我將畫下來的族譜拿給媽媽看。媽媽說，喔，她都不知道這些事啊。

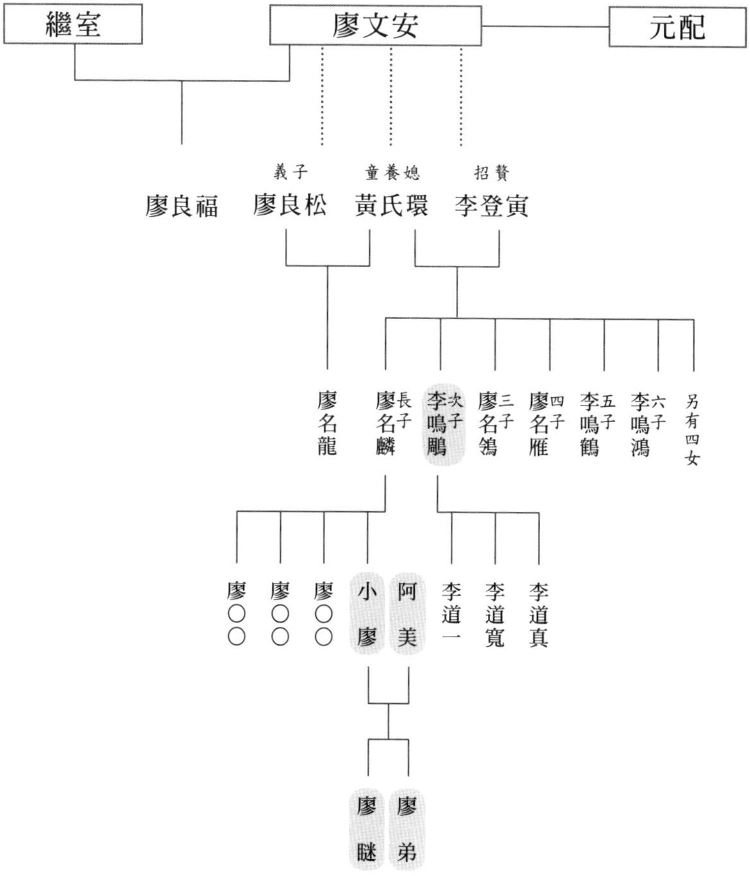
繼室
廖文安
元配
義子
童養媳
招贅
廖良福
廖良松
黃氏環
李登寅
廖名龍
長子 廖名麟
次子 李鳴鵬
三子 廖名鴿
四子 廖名雁
五子 李鳴鶴
六子 李鳴鴻
另有四女
廖○○
廖○○
廖○○
小廖
阿美
李道一
李道寬
李道真
廖雔
廖弟

2 西門町的小廖，羅東的阿美

問媽媽寫到她，要叫她什麼呢？阿美好了，「阿bí。」台語發音。阿美，一九五三年生，「小時候大家都叫我阿美。」家裡有五個小孩，她是中間那一個，「連我弟都叫我阿美。」阿美出生在宜蘭羅東，小時習舞，獲獎無數，這是後來我看照片才知道的，如果沒有照片，我大概不會相信媽媽以前跳舞。

「我跳舞很認真啊，常常跳主角。」阿美說。認真就可以跳到主角？我還以為跳舞比較看天分。我看著媽媽跳舞時的裝扮，「這是跳民俗舞蹈嗎？」「可以這樣講吧。」阿美說。

家裡的阿美相本，有小時候的，上台北讀書工作的。小時照片都是黑白照，尺寸不一，不像後來彩色沖印時期都是三乘五或四乘六那樣整齊。[4]阿美真的很會整理東西，想想她小時住羅東，大學上台北，後來跟我爸結婚，搬到高雄，生我時回台北，沒多久去羅東，之後又下高雄工作，再跟著我爸去台南種菇，最後搬回高雄。這樣前前後後奔奔波波，她小時候的照片都還留得好好的，不僅還在，且全數整理到精裝大相本裡。

而小廖幾乎沒有小時照片。我爸說可以叫他「小廖」，「我們家四個男生嘛，我最小，大家就叫我小廖。」小廖，一九五〇年生，老家在台北西門町，近今日紅樓。原本以為小廖有個開設照相材料行的三叔李鳴鵰，洗照片容易也便宜，他的照片應該不少，但並沒有。

留長髮的阿美與媽媽。

阿美小時即習舞。

阿美的媽媽是幼兒園園長（後排穿格紋洋裝者），後排左四為阿美。

從前對小廖的想像是：因為喜歡拍照，所以走上沖洗照片這途。結果小廖說，他去三叔的公司上班之前，沒有拿過相機，他是先學會了沖洗照片，才開始拍照。原來小廖跟李鳴鵰一樣，李鳴鵰是先學會了修片，開始賺錢存到錢之後，才為自己買了台雙眼相機。[5]

「以前相機很貴啊。」小廖說他第一台相機也是雙眼，一台三千多，牌子忘了。一九七〇年代的三千多，大約是小廖一個月的薪水。單眼相機就更貴了，他的第一台單眼是奇農（Chinon），[6]一台要一萬多塊錢。

不是因為喜歡拍照，才去學沖洗，而是先學會了沖洗，對拍照有了一點興趣，有經濟能力後才買相機來拍。但也不是接觸沖洗這行的人，都會對拍照感興趣。像阿美，印象中沒看過她拍照，阿美雖然洗了一輩子的照片，但她會使用單眼相機嗎？我以為阿美不會，結果一問，阿美說，有學過，但不熟練。我太小看阿美了，畢竟阿美年輕時還沒有傻瓜相機，[7]想拍照只能用單眼。既然都

小廖四兄弟與其父母，
小廖是個子最小的么子。

小廖與母親。

小廖與三個哥哥。

在沖印公司工作了，就算平常沒拿相機，但對相機的基本概念還是有的，我怎麼會覺得阿美不會用單眼相機呢？

阿美去沖印公司上班前，打過許多工。她大學讀夜間部，白天工作，晚上讀書。阿美跟同鄉的國中同學在外租屋，房間很小，是房間裡的房間，要爬木梯子上去，「我才一百五十五公分，但上去之後也只能彎腰，不然會頂到天花板。」阿美說的時候，一種媽媽以前好辛苦你知道嗎的感覺，學費生活費都要自己來，只能住在連腰都站不直的閣樓。

一九七二年，政府推動「客廳即工廠」政策，阿美和幾個蘭陽女中畢業的同學，也做過這種家庭代工，「做清潔液分裝，大家在業主的一間空房，把一大桶成品分裝成小瓶小瓶。工作很單調，但一起打工聊天很有趣。」後來外公幫忙牽線，阿美到貿易公司當小妹，可是主管會毛手毛腳，阿美又不敢講，「做了一陣子之後，我說做不習慣，你阿公就再幫我問別的工作，最後到菱天上班。」

菱天，就是三叔公李鳴鵰的沖印公司。安排媽媽到菱天上班的，是五叔公廖名雁。五叔公跟外公是師專同學。

廖名雁，一九二六年生。師專畢業後當小學老師，兩年後被派到台北市教育局做教育行政。過沒多久，李鳴鵰對廖名雁說，「你做公務員賺不到錢啦，賺不到錢賺不到吃，我這裡需要人，你來我這裡。」當時李鳴鵰正開始跟日本三菱（Mitsubishi）做生意，他希望廖名雁去日本受訓，回來幫他。

受日本教育長大的廖名雁，日語說得比國語好。我看「臺灣傑出攝影家紀錄片——李鳴鵰」，[8]聽著這個未曾謀面的五叔公說話，他說的是國語，但聽得出那個口音，平常應該是說台語。他講話講一講，有時會說，「那個國語怎麼講……」五叔公說話的聲音、速度、氣質，都跟外公好像。那個年代受日本師範教育的人，是不是都有一種溫儒的氣質？

「後來我就跟我哥哥在一起，從那裡開始到現在，就是這個緣分還在。」廖名雁說「在一起」時，我覺得這個詞好美。有多少人能跟自己的兄弟或姊妹一直在一起呢？長大後分開是自然，更有的是相敬如冰互不往來。而廖名雁從李鳴鵰做照相沖印器材生意開始，當時兩人都還不滿三十歲，一直在李鳴鵰公司直到退休，再到在紀錄片中回憶哥哥。

每次小廖和阿美提起廖名雁，都會說，你五叔公人真的很好。這個好比起三叔公李鳴鵰更立體。我問小廖，三叔公教過你什麼？結果小廖每次講，最後都在講廖名雁，「五叔教我切相紙、放大、改色，教我沖片，我會的都是五叔教的。」問到阿美也是一樣，「廖名雁是總經理，公司是他在管事。我好像很少看到你三叔公。」「你五叔公個性就是很溫和啊，跟外公很像。我沒有看過他兇員工。」

李鳴鵰派廖名雁去日本京都受訓，實習三個月，學習彩色沖印原理、沖洗照片，「回來就買機器，後來生意越做越大、越做越大。」「我哥工作都交給

五叔公廖名雁（中）擔任新中美總經理，身上的卡其色外套是菱天男職員的制服，攝於菱天大樓大門。（蔡月里提供）

我，所有工作都交給我，他有閒啦，常常相機帶了就出去拍照。」

廖名雁提到他哥時，呵呵呵地笑。

有張照片，擔任總經理的廖名雁和兩個公司職員打著領帶，他穿著卡其色制服外套，在菱天大樓大門前，站得很正，看起來拘謹又老派。

小廖成淵中學畢業後，考上北市高工機械科，也就是現在的大安高工，在復興南路上。「我不喜歡讀書啊，不像我們學校對面的附中。」「畢業後五叔說他缺人，我就去那邊當學徒。」那時是一九六九年，小廖十九歲。

「你剛開始學彩色沖印時，感覺是什麼？你有覺得這很新奇、很有趣嗎？」我問小廖。小廖想了一下，說，都很順。我說不是要問順不順啦，是想知道你心裡的感覺，比如會覺得很難嗎？或是，你喜歡這個工作嗎？

小廖說喜歡啊。「喜歡什麼？」我問。

「因為那時候也只能做這個啊。」小廖說。過了一會又說，因為很驕傲，非常驕傲。「那時候的國小老師，一個月薪水只有兩千八，我一個小師傅就有一萬。」

一九六八年的台灣，基本月薪六百元，而小廖在一九六九年當學徒時，月薪一千元，當時他才十九歲。一九七四年小廖當兵退伍，回菱天上班，正職員工薪水調至三千元，過沒多久又加薪至三千五百元。之後菱天與高雄的照相器材行合夥成立沖印公司，派小廖下去擔任手工組組長，月薪一萬元。而台灣的基本薪資直到一九七八年，才調至二千四百元。[9]就算不以基本薪資來看，而是看平均薪資：一九七四年的國民平均所得，一個月是二千六百八十三元，[10]小廖的薪水幾乎是當時平均月薪的四倍，那時他才二十四歲。

小廖的回答令我感覺微妙。一開始他說，那時候只能做這個啊，好像沒有什麼好選，遇到了就做，就要喜歡。接著他似乎想起這份工作高薪所帶來的成就感，有一種──雖然我學歷不怎麼樣，但薪水待遇可不輸老師喔，這樣的感覺，「我覺得有一技之長很好，而且在當時是很新的技術。」小廖說。

我感覺到小廖的樂天，但並不明白他真正的感受。小廖不太會講，他不太會說自己。但阿美會講。阿美說，起初她沒有那麼喜歡這份工作，「剛進公司時，被安排在技術部門，但學技術沒那麼簡單，要學怎麼在暗房裝紙，還有藥水什麼的，我覺得很難。」阿美喜歡做行政，行政工作她可以做得很好，而技術部門要學的東西很多，承擔的責任也比較大，「可是我的個性不會去表達我不喜歡，既然被安排進技術部門，我就認命好好學好好做。」

但阿美說，還好當初有學這些，「這樣後來才可以跟你老爸一起開店。」

曾經採訪維修相機的師傅，我問他為什麼做這行呢？他聽到時愣了一下，那反應像是「這是什麼問題？」「這要怎麼回答？」師傅想了一下說，那時候出路沒有很多啊，「要不工廠工作，不然就當學徒，除非你念書念得很好，或是家境不錯可以培養。」「我是跟我大哥學，我大哥是跟一個 Canon 的師傅學。」一副理所當然，哪有什麼為什麼。

3 少年修片師李鳴鵰

小廖十九歲時，去到三叔李鳴鵰的公司當學徒；李鳴鵰則是在十四歲時，去到叔叔廖良福的寫真館當學徒。李鳴鵰最初學的是，修片的功夫。

我看過小廖修片，拿著削得極細極長的鉛筆，坐在修片台前，就著放大鏡底下的底片修片，塗掉細紋、塗掉眼袋。小時的我一直對這樣的工作感到好奇，好奇那握著極細極長鉛筆的手感，很想問爸爸我也可以修修看嗎，話卻一直收在嘴裡。現在，我想像著十四歲的李鳴鵰，想像他坐在修片台前。

日治時期用的是玻璃底片。

第一次看到「玻璃底片」這個詞，感到非常驚奇。底片並不是我一直以為的那個樣子，長長一條膠卷收在不透光的硬殼裡，而是一塊玻璃板，上頭塗了感光乳劑。原來從前的底片是硬的，不是軟的，不是軟片。我所習以為常的，在一百年前不是那個樣子。從前修片也不像現在用手機拍照，按一下美肌，一張臉瞬間變得美美白白透透亮亮；那時修片不只得用上鉛筆，還得持修整刀或車針筆。

車針筆，縫紉機的車針，拿在手上像筆，可用來刮除影像。原以為修片有一套專門工具，後來才知道當時多半就地取材。看過一套日治時期遺留下來的修片台，修片台的小抽屜裡，沒見著車針筆，倒是有鋼筆頭。

修片極耗眼力、極需耐心，李鳴鵰才十四歲，可他做得來，他持著鉛筆與車針，一片一片的修著。在大溪寫場待了一年後，廖良福知道他一直很想去外地進修，也想繼續求學，便介紹他到友人洪汝修在台北艋舺開的富士寫真館當學徒。洪汝修大李鳴鵰五歲，雖是師傅，但更像是他的兄長與朋友。李鳴鵰住在洪家，白天在寫真館幫忙，晚上則到公立預備學校進修，他原本就好學，現在終於可一圓求學之夢，但在這之前，他得先讓自己能在經濟上自立。

「賃修整」，是當時的一種代工行業。那時的相館若生意太好，或老師傅上了年紀眼力吃不消，便會將修片的工作外包出去。李鳴鵰在洪家修業一年多後，便帶著自己的修片作品，走訪台北幾家有名的相館向師傅討教，他走得勤，很快的連一些日本師傅都知道有這麼一位修片的少年家。李鳴鵰為人隨和，手藝好，做事確實、準時，他獲得一些工作機會，漸漸地在台北的照相業界積累了自己的口碑。

當時拍一幀照片要兩元五角，修片可得兩角五分，李鳴鵰靠著修片，一個月就可掙得四十元，差不多是受薪階級一個月的薪水。十七歲時，已經是個能獨當一面的修片師傅，他存了錢，在十八歲為自己買了台櫻花牌的一二〇相機。[11]與鄧南光、張才不同，李鳴鵬是先成為修片師傅，才開始拍照。

我看著李鳴鵬的年少經歷，看著他原本出生在大戶人家，後因分家而不得不中斷學業，開啟學徒生涯。這個人我要叫三叔公，實際上卻是我曾祖父的二子，他的年少經歷與手足們大不相同。李鳴鵬在家族中的位置微妙，他是老二，不是那個必須照顧弟妹的長子，但也不是需要被照顧的手足。他不用賺錢寄錢回家，但必須當學徒自食其力。當他成為能獨立自主的修片師傅後，他認真賺錢存錢，好讓自己之後能夠繼續求學。

而我的阿公就沒有繼續求學。他是長子，小學畢業後就遠赴海南島做生意，賺錢供給家用。我問小廖阿公做些什麼生意？「賣冰棒啊，他有製冰的機器。他還會去日軍福利社賣鐘錶或修理。」「你大伯是在海南島出生的。」國民政府來台後，阿公帶著阿嬤和大伯回台灣開鐘錶店，但因為喜歡打麻將而被詐賭，

十四歲的李鳴鵬，從圖書館借閱書籍回大溪寫場閱讀。
（廖良福攝影，李道真提供）

十七歲的李鳴鵬（右）。（李道真提供）

李鳴鵬十七歲時與弟妹合影。前排左起六弟李鳴鶴、五弟廖名雁、大姊廖氏如鶯，後排左起李鳴鵬、四弟廖名鴿。（李道真提供）

鐘錶店沒了，之後也就一直風風雨雨。

所幸那時弟弟妹妹們也都長大自立。三叔公李鳴鵬早就在外頭當學徒，其他的弟弟則是能讀就盡量讀，四叔公、五叔公、六叔公到最小的七叔公，每個人都有還不錯的出路。四叔公是糧食局的主管；五叔公師專畢業原本擔任教職，後來到三叔公的公司當總經理；六叔公是飛行員；七叔公則在三叔公的公司負責財務。

家族中，李鳴鵬可說是靠著一己

之力，白手起家。小廖總說，你三叔公很會做生意。可這個會做生意的形象，與我在攝影集中見到的照片感覺大不相同。李鳴鵰的攝影溫和、不銳利，沒有印象中生意人的精明與計算。他的照片有一種時間感，彷彿在等，他不是去抓，而是在等。

一九三八年日軍占領廣東，對商人來說，戰亂正是利市，亦師亦友的洪汝修去到廣東發展，從事廣州及廣西南寧的物資買賣。一九四〇年，太平洋戰爭爆發的前夕，李鳴鵰也去到廣州，與洪汝修及一名王姓友人一同經營寫真館，那年他十九歲。

我原以為戰亂會限縮人生的自由，但李鳴鵰反而在這樣的時地遇到了機會。戰時管制照相器材，因此不論寫真或材料買賣，反而有它特別的行情；而他原本就會日文，到了廣東後又學會了粵語，他用粵語跟廣東人做生意，同時在中國人開設的補習班教日語。他很快融入當地，也找到了心儀的學校，他進到嶺南美術學塾，跟著中國老師學習南畫，跟著日本老師學習水彩。他不僅在經濟上能夠自立，也終於能學習他喜歡的事物。

但這樣的自由卻存在著矛盾。廣東有中國人與日本人，這兩者在政治上的關係是侵略者與被侵略者，他是怎麼跟他們相處的呢？李鳴鵰是從台灣來的「日本人」，卻又不是真正的日本人。在廣東的那段日子，他拍了許多照片，他看見了什麼？可惜這些照片無法跟著他回到台灣。

一九四一年，太平洋戰爭爆發。一九四二年，日本政府頒布新聞管制令，相紙、底片成為難以入手的物資，寫真館的生意幾乎做不下去，李鳴鵰也估計著日本籍的自己遲早會被徵召，便決定志願入伍至「防疫給水部」衛生部隊，駐紮於廣東市市郊。他先前在嶺南學塾學畫，因此以美校學員的身分成為文職軍屬，負責繪製預防傳染病之文宣與海報，並教授數十名日軍部隊在當地雇用的人說日語。

軍屬，指的是軍隊中非直接從事戰鬥行動的軍人，而這個部隊只有李鳴鵰與另

李鳴鵬（左）與好友洪汝修於廣州。（李道真提供）

二十一歲的李鳴鵬於廣州念嶺南美術學塾時留影。（李道真提供）

一名日籍台灣軍屬，除此之外全是從日本鄉下來的年輕人。這是李鳴鵬第一次接觸到生活在日本的日本人，他回憶起從前在台灣，曾經被日本青年斥罵「清國奴」，那句話深刻地在他腦海裡，而在部隊卻沒有發生過被日本人欺壓的不快，兩種不同的經驗同時存在李鳴鵬的心裡。

一年後李鳴鵬退伍，回到廣州。此時戰爭進入白熱化，已無法重開照相館，必須另謀出路。出路，不只是形容，更是一種現實描述，戰爭使得原本的路被截斷，為了生活就是得再找出路。他遷居至日本管轄的香港九龍，從事運輸工作，另受聘於廣州某小型造船廠，擔任日文顧問。這工作乍聽之下像是文書職，但其實是打通關。戰時物資與運輸工具缺乏，打撈沉船再予以翻修的行業因應而生，利潤相當可觀。打撈沉船必須得到日軍許可，廣東人於是找了懂粵語又會日文的李鳴鵰居中翻譯，而他也跟著廣東人一起進入珠江。他說那些船老大，船艙總藏著槍枝以備不時之需。工作是翻譯，卻有種混道上的感覺，利潤伴隨風險而來。

一九四五年八月十五日，日本無條件投降，原為日本籍的台灣人李鳴鵰頓時身分未定，被接管香港的英軍強行送入集中營。這又讓他看到龍蛇雜處，衝突混亂，日本人、韓國人、台灣人、醫生、商人、流氓什麼都有，集中營裡亂，有人結群成立類似外交委員會的團體與英方交涉，也有自律組織來維持內部秩序與避免紛爭，李鳴鵰是維持秩序的重要幹部。

或許因為能同時說台、日、中、粵四種語言，或許為人溫和，李鳴鵰似乎一直扮演著中間人的角色。十九到二十五歲的他，被洪流沖著走，但他不設限，只要遇到機會就去試，擴展了不少關係，建立了人脈，甚至在集中營裡的日子也是。可李鳴鵰也不是冒險型的，他不賭，他有了一步才走下一步。

「算起來有五、六年呢，可以說是青年時代到差不多二十四、五歲，這中間，以智慧來看社會每天一直在變化，在那個時代。」李鳴鵰在紀錄片中，用台語這樣說著。

一九四六年，李鳴鵰終於得以離開集中營，他乘坐英國政府租借的中國輪船，被遣返回台灣。他在基隆港上岸，身無一物，那段日子在廣東香港拍的照片全數無法帶走，他捏著手中僅有的返鄉車票，回到故鄉大溪。

一九四六年，李鳴鵬與廖月結婚時合影。
（李道真提供）

4「三菱彩色」那棟樓

「他在集中營認識的一位朋友，介紹他在現在的衡陽路，以前日本時候叫做榮町，是日本人商店街很熱鬧的地方，租下一半店面。民國三十五年到四十年，在那邊開照相器材行，替人家沖洗相片，當時我就在那裡了。」[12]

廖名雁說起李鳴鵰回台灣後，一九四六年在台北開設「中美行照相材料部」。李鳴鵰有張照片，記錄了當時的店面，「中美」兩個大大的招牌字在門面正中

李鳴鵬在台北市衡陽路開設「中美行照相材料部」。
（李道真提供）

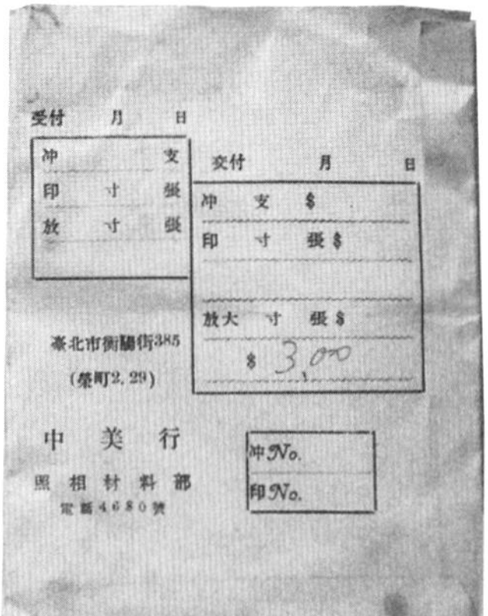

中美行裝相片的紙袋。
（李道真提供）

央。租約到期後，中美搬到昆明街，現在的西門町國賓戲院附近，後發展為「新中美貿易有限公司」，開始進口日本三菱製紙株式會社的相紙，沖印部門叫做「菱天」。

搬到昆明街後，更名為「新中美貿易有限公司」。前排左三為李鳴鵰，左四著旗袍者為廖月。（李道真提供）

菱天，這就是我從小聽到大的名字。小廖十九歲時，去到菱天打工。

原本的菱天在昆明街，只有大約兩層樓的工作空間，員工五人；後來搬到士林的一棟大樓，員工曾多達上百人。這棟樓占地上百坪，三層樓高，頭頂著三菱標誌，寫著「三菱彩色」四個大字。美軍駐台期間天母有許多美軍宿舍，那棟樓原本是做美軍生意的家具公司，美國撤軍後生意一落千

李鳴鵰創立的菱天沖印公司，大樓頂部掛著「三菱彩色」標誌。（蔡月里提供）

丈，家具公司把那棟樓便宜賣給菱天。

老相簿中有兩張照片。阿美倚在一輛汽車旁，面對著鏡頭，小廖則是用手托住頭，側身看著阿美。另一張，阿美跪坐在草地上，旁邊有一棵小松柏，她開嘴笑，笑得好燦爛。從前看到這兩張照片，以為爸媽是去哪裡玩，或是在哪個有錢朋友家的別墅留影，後來才知道那是菱天的庭院。阿美身上穿著青藍色的外套，那顏色和版型都好好看，不說不知道是公司制服。

小廖與阿美於菱天大樓庭院留影。

阿美於菱天大樓庭院留影。青藍色外套是菱天女職員的制服。

菱天元旦團照。第一排左四為李鳴鵰，左三為廖名雁，右一為小廖，第二排左三為阿美。

又尋到一張照片，是菱天員工的合影。三叔公李鳴鵰坐第一排中位，一側是五叔公廖名雁。小廖雙臂交叉，坐第一排最右側，阿美則站在第二排左邊數來第三個，笑得很甜。「你們那時候在一起了嗎？」我問小廖和阿美。阿美說不知道啦，哪裡記得。小廖笑而不答。

我看著照片，想像爸媽在菱天工作的情景，好希望有攝影機跟著他們的作業情景從頭拍過一遍，但當然是不可能。那是已經消失的產業，已經消失的場域。

我認識最早在菱天工作的人，是久伯。

久伯已年逾八十，本名黃久仁，初進菱天時還是個二十多歲的小夥子，是菱天第一個業務。「你五叔公是我的貴人。」五叔公廖名雁，是黃久仁的表姊夫。後來我問小廖，那個年代公司找人是不是都從自己的親戚開始？小廖說確實很多是自己人，但主要是黃久仁很會說話，「做業務的就是要很會講，不然怎麼收得到件？」

一九六八年，黃久仁剛退伍，在台北衡陽路上的「大陸書店」上班。大陸書店專賣日文書，但黃久仁一個日文字也不懂，「有時大學教授跟我訂書，日文我不會寫，我就先用英文拼音記錄，然後再查。」黃久仁很拚，很努力賣書，也賣日文雜誌，像《主婦之友》、《主婦生活》，教家庭主婦縫紉、烹調，在那個年代非常有名，「一些有錢有閒的人會訂，一年要兩、三千塊。」

廖名雁是日治時期師範學校畢業的，讀的都是日文書，他想找什麼書，黃久仁總是使命必達。「你五叔公大概是覺得我這個年輕人不錯，就問我要不要去他那邊工作。」那時菱天才正要起頭，「從第一根釘子開始。」

菱天一開始在昆明街的樓房，一樓是車庫，小隔間有接待室。二樓是暗房，以及收送件的行政區域。三、四樓是李鳴鵰跟他爸爸的住處，「董事長的爸爸眼睛瞎掉，需要有人照顧。」「我有時也會上去照顧阿公，我們都叫他阿公。」包括廖名雁在內，員工只有五人。當時彩色沖印還是純手工，全程須暗房作業，一個負責沖洗底片，一個負責放大，也就是將底片的影像透過放大機印在相紙上，一個負責沖洗相紙。廖名雁的工作是改色，也就是在進行放大前，先判斷底片的曝光秒數與彩色濾鏡數值，寫在紙條上交給放大員去打，有點像是技術指示。黃久仁負責業務，相館的收件送件以及收帳，都由他負責。

當時做彩色沖印的工廠不多，最早的是一九六一年的「台灣彩色片沖晒公司」，再來是一九六八年日本富士在台代理商恆昶所設立的「遠東彩色沖印廠」，菱天比遠東晚一些，但差不多是同時期。彩色沖印廠雖然不多，但畢竟不像後來的快速沖印店有門市，顧客可以直接上門，還是得靠業務去相館收件，業務跑得勤不勤，能不能跟相館建立關係，這些本事格外重要。那時黃久仁騎機車跑相館，每天跑一百多家，里程數好幾百公里，一天下來大概要跑半個台北。

「有的相館比較近，先把底片收回來交給沖片組，再出去繼續收件。收件回來，如果有剛好已經做好的相片，就順便送件。」我說好像現在的Uber，久伯笑說，對，只是他送的是底片跟相片，「如果遇上陽明山花季，或是假日，那就更忙。一個人要抵三個人用。」

黃久仁是一九六八年到菱天，小廖則是一九六九。後來黃久仁離開菱天，自己去開照相器材行，也是多虧了跑業務累積的經歷與人脈，他總說廖名雁是他的貴人，引他入行。他說起廖名雁，是用日文叫他，口氣中透著懷念，「你五叔公啊，溫文儒雅。」「他如果不高興，最多就是嘴唇嘟一下，我沒有看過他對人大聲。」

小廖也是廖名雁引入行，他會的都是廖名雁教的。先學沖紙，然後沖片，接著是放大，「五叔最後教我改色，學會就等於是出師了。」

但在暗房做手工彩色沖印，沒有那麼容易。

「先切相紙。在有安全燈的暗房，[13]用裁刀切。切相紙不能有手汗。整卷五吋相紙，[14]切成三乘五，或五乘七。切好擺進盒子裡，不能見光。」

「印相時，小張的打一次就決定，沒有試片的機會。大張的會先切紙條來試。

相片都打完後，放回盒子裡，準備進行沖洗。」[15]

小廖穿著汗衫坐在餐桌前，比手畫腳地說著彩色相片手工沖洗步驟。將相紙擺放進圓形的網狀沖洗籃，注意相紙不可堆疊。一籃大約可放三十六張，看相紙大小。接著將沖洗籃泡進藥水桶，一次可放一籃或兩籃。設定顯影時間，時間到了，嗶嗶，將籃子提起。

「彩色沖洗的藥水要加溫，三十八點五度，用電湯匙隔水加熱。」

小廖比手畫腳，但我很難想像。我問小廖，有從前工作場景的照片嗎？那些沖洗籃、沖洗桶長什麼樣子？你說藥水要加溫是怎麼加溫？你剛剛說的是沖紙，那沖片呢？還看得到那些設備嗎？

「現在應該都沒有了吧？」小廖說。

此時我深切感受到照片的意義。要是有照片就好了，就能讓我對它的「樣子」有個明確的想像，「看！就是這樣！」但是沒有。小廖用過的沖紙桶、沖片桶，一張照片也沒有。我問與小廖年齡相仿、現年約七十的同業，也沒有留下半張照片。

那彷彿是個斷層，只能憑口述，卻沒有任何照片可佐證。所幸阿美進菱天時，在工作場域留下了一些照片。此時是一九七四年，菱天已從昆明街搬至士林的大樓，從五個人，擴展到幾十人的規模。工作流程仍舊是沖片、放大、沖紙，但因已引進機器設備，部分可明室作業。

阿美工作是放大，也就是我們說的「打相片」。她坐在自動放大機前，上頭有個白色的長方形箱子，內部裝著相紙，下接放大機，放大機的下方是控制底片曝光與顏色的鍵盤平台。放大雖可明室作業，但操作前要先將相紙裝到自動放大機的紙匣中，還是得在暗房隔間裡。

「剛開始學裝紙，先用壞掉的紙練習，開著燈亮亮的練。亮亮的很熟練後，就跟教練進到黑色布簾裡。教練在旁邊，讓你在黑暗中練習，摸到很熟練之後才會讓你裝紙作業。」阿美說。

「整卷相紙好幾百張，萬一沒裝好不小心曝光就會全部死掉。裝好後一定要再摸一次，確定OK，把紙匣的門關好，才可以把拉簾拉開。有的人紙裝好忘記關門就把黑色拉簾打開，就死掉了。」如果出錯，一次就是整批紙壞掉，壓力很大。

「萬一弄壞要賠嗎？」我問。

「公司是不會叫你賠，但我會很自責。」阿美說。

紙裝好後，接著是放大。小時候，我都聽阿美說「打相片」，但打相片是什麼？後來才知道，打相片指的是透過放大機將底片的影像曝光在相紙上，也就是放相，放大相片。那為什麼要講打相片？可能是因為操作的人坐在機台前，手指在鍵盤上敲啊敲的像是在打電腦、打電玩吧。

「放大前要檢查鏡頭，注意有沒有灰塵毛髮啦，先用噴球噴一噴。要是鏡頭不乾淨，黏了一根毛髮，沖洗出來才發現就傷腦筋了，整卷相片都會有一根細細白白的紋在那裡，每一張都有喔，那就完蛋了，整卷都要報廢。」

「然後啊，放大前要先把底片都黏起來，這樣打起來才會快。一大卷黏好的底片放左邊，機台上有一個長方形的格子，底片夾在那個格子曝光，打一張移一格，打一張移一格，底片就這樣一直從左邊捲到右邊。」

以前看過阿美打相片，咻咻咻的好像都不用判斷。阿美曾經教過我，原理並不難懂，但不熟反應就慢，看一格底片要想很久。阿美則是想都不用想一樣，像是把手放在鋼琴鍵盤上，手指就會自己動起來。畢竟，阿美已經打了三十年的相片。

不過，那些打相片的小姐，不是一進公司就可以上機台，要先上課。

自動機放組的李組長會先上課，教組員看背景，背景跟人物的比例，注意顏色反差，什麼情況曝光秒數要加，什麼情況要減。「上完課不是馬上讓我們上機台喔，要先寫練習單。底片旁附一張紙條，一到三十六格，判斷每一張底片的曝光程度，歐馬就減，暗拿就加。然後在格子裡寫，看是要加一減一，還是都不用加減。」「李組長會改作業，如果判斷的方向正確，應該減二寫成減一，這樣就還好，但如果方向錯了就很嚴重，代表你沒有搞懂。」

阿美一直提到歐馬、暗拿，剛開始我沒聽懂，後來才明白「歐馬」是Over，指底片曝光過度，印成相片會太白，打相片時就要增加曝光；「暗拿」是Under，指底片曝光不足，印成相片會太黑，打相片時就要減少曝光。

「練習多久可以上手？」

「忘記了啦……幾個禮拜吧……」

起初一天先做一組兩組，熟練之後李組長才會讓你加入戰線，阿美說。

阿美一直說「打相片的小姐」，打相片的都是小姐，沒有男生嗎？阿美說可能也有，但菱天都是小姐，「放相組就有七個小姐。」有一張放相組的合照，真的都是小姐，每個都好年輕，看來跟阿美差不多的年紀，二十多歲。機放七仙女，阿美站C位。

「打相片的都是小姐，改色的都是男生，」阿美說，改色後來她也會，也做得很好，「可是我們打相片的小姐，只能打濃度，都是男生在改色，我沒有看過他們讓女生做改色。可是我跟你爸後來開店的時候，還不都是我在改色？」

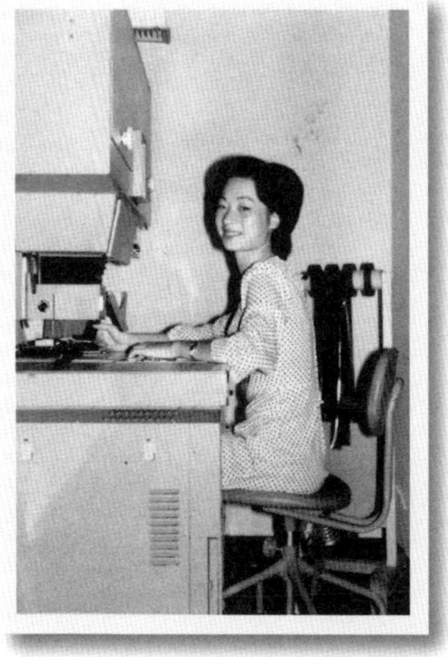

阿美在自動放相機台前打相片，右手邊吊的是底片。

機放七仙女。菱天自動機放組的七位女職員，後排右三為阿美。

阿美說的專有名詞，我都不懂，像是改色、濃度。我請阿美說得清楚一些，阿美會說該怎麼做，但無法說明理論。

「你這樣問我不知道啦，」阿美說，「所以李道寬說我知其然不知其所以然。有一次他看我照片好像打得很不錯，就考我一些問題，結果我答不出來。我就說，我打得快又好就好，我哪有那個美國時間去分析……」

李道寬，李鳴鵰的二子，小廖的堂哥，後來負責經營新中美在南部的沖印公司。

阿美繼續講，經驗直覺比理論重要，打相片時哪會想那麼多？「他考我這個我頭就很痛。可是我覺得我相片打得又快又好就可以了，我不用知道那麼多。」

阿美繼續講，繼續講，那麼多件吊在那裡，每張照片「啵啵啵」就要過去了，哪有時間給你想。

阿美說的改色，指的是底片在進行放相前，先由專人判斷如何調整彩色濾鏡的數值；而所謂的打濃度，是打相片時的曝光秒數。阿美會做，但她無法說出原理。

我想起阿美年輕時拍過的一組照片。

阿美站在一排彩色方塊旁，跟那些方塊合照。小時候我看這照片，以為媽媽是去哪裡玩，直到後來我再重看，問這些方塊是什麼？我隨口問問，以為那只是一個景。沒想到阿美說，「以前在菱天上班時，你五叔公每隔一段時間就會叫我當麻豆，跟那些方塊合照。」

「五叔公拍這個要幹嘛？」

阿美說，不知道。

後來我問小廖。小廖說，那是在拍標準色，做顏色校正用的。

「媽媽有說過沖印機有不同的頻道吧？富士有富士的頻道，柯達有柯達的頻道……」小廖說，不同廠牌底片的片基顏色不一樣，[16]放相時要透過濾鏡的調整，讓不同廠牌洗出來的照片，不會差太多。「這個濾鏡的調整，就是頻道的設定，設定好了機器就會記住，之後拿到不同廠牌的底片，只要轉換頻道就好，不用每次都調濾鏡。」

小廖繼續說著，以前的沖印機是用燈泡曝光，燈泡有壽命，壞了就要更換，但每顆燈泡的色溫可能有些微差異，「所以換燈泡後，就要用不同廠牌的底片，各拍一次標準色，重新確認濾鏡頻道參數是否需要調整。」

沒聽過小廖講得這麼細，像是上了一場彩色沖印設定課。

「所以這張方塊的F，指的是富士（Fuji）？S是櫻花（Sakura）？」我問。小廖說對，分別用富士和櫻花的底片拍，相片洗出來後，看是否需要調整濾鏡，最後選擇洗出來最接近肉眼看到的，作為標準片。

我看著阿美站在彩色方塊旁，心中浮起一種感覺——當沖印業進入機械化分工，產業規模越來越大，打相片的小姐就是機械操作員，像阿美，她說不出拍標準色的原理，但她懂得看底片片色，相片可以打得又快又好。小廖打相片的速度自然是比不過阿美，可他是手工暗房師傅出身，對沖印的原理能夠說得很透徹。

小廖和阿美，進菱天的時間相差約三年，卻正好見證了沖印產業的分水嶺——從手工進入機械化。新中美的菱天沖印、富士的遠東沖印、愛克發的天然沖印、以及台灣本地的爵士沖印，每家都在拚速度、拚價錢，進入一種白熱化的

廖名雁請阿美作為模特兒站在彩色方塊旁，拍攝彩色沖印機設定用的標準片。

戰國時期。聽道寬阿伯說，愛克發系統的天然沖印是菱天當時主要的對手，「某次過年，愛克發的紙張斷貨，菱天的機會就來了……」

「意思是？」

「過年生意最好啊，搶生意就是要搶在過年啊。愛克發沒紙，客人來菱天洗，如果覺得洗得不錯，以後就會留下來啊！」

說到過年的忙碌程度，不論是

沖片還是打相片，都要加大夜班，大家輪流加班加到四月，才能把過年的量消化完。工廠三班制，二十四小時運轉，幾乎每家大型沖印廠都有接不完的底片，打不完的相片。

而在這樣的機械化時代，仍舊有人堅持全手工，比如「台灣彩色片沖晒公司」。

日治時期開設的「羅訪梅寫真館」，於一九六一年由後代羅重台設立了「台灣彩色片沖晒公司」，據說是台灣最早、最具規模的手工彩色沖印。「沖片一到兩個，改色的三個，放大的四個，沖紙的一到兩個，整理照片三個，送件三個，處理全省郵件的一個……」全盛時期整間公司曾多達二、三十位員工。

「那時做彩色沖洗的很少，全台灣的照片都寄來我們家洗，連金門、馬祖的都寄過來洗。」羅重台的女兒羅淑紅說。

「我爸剛開始做的時候，彩色照片一張要十五塊。」

一九六一年，每人平均年收入六一二三元，月平均收入是五一〇元，一張照片十五塊，幾乎快要是一天的工資。而一九六八年後，富士由恆昶代理，在台灣設立了第一家機器沖印廠「遠東彩色」，[17]照片價格降到一張五元，堅持手工的羅家生意因此大受影響。

「那時富士還有來找我們，問我們要不要進沖片機跟沖紙機，我爸堅決不要。」羅重台認為在相紙顏色的保存上，機械沖洗還是沒有傳統來得持久。「我們很在意用水，泡顯影液的水一定得過濾，但光是這道程序，人工與時間的成本就降不下來。」羅淑紅說。

成本降不下來，照片價格卻隨著市場競爭不斷下修。羅家的照片從原本一張十五元，降到一張十二元，最後來到一張八元。一張八元無法反映手工成本，卻也無法與大型沖印公司競爭，羅家最終在一九八六年，停止手工彩色沖印的服務。

「競爭就是這樣，什麼都要快跟便宜。」羅淑紅說。

「台灣彩色片沖晒公司」結束後，羅淑紅仍繼承了「羅訪梅」這塊招牌，以「羅訪梅照相館」為名開業。「羅訪梅是我祖父的名字，是位畫師，後來在日治時期開寫真館，之後又傳給我爸。」

羅訪梅於一九二二年在太平町（今台北市南京西路至長安西路一帶）創立「見真軒畫館」。在攝影術還未出現之前，肖像得對著真人臨摹。羅訪梅曾為日治時期新竹州的名門望族北埔姜家繪製肖像，為了那幅肖像畫，還特地去姜家住了半年。

那時雖已有攝影技術，但還無法拍出品質夠好、尺幅夠大的照片，羅訪梅是以「炭精畫法」來繪製人物肖像——以小照片為藍本，等比例放大人像，以鉛筆勾線畫出輪廓後，再用毛筆蘸著炭精粉一層層填塗。

令我最感興趣的是放大方式，就羅重台描述，羅訪梅是在畫筆上端繫上細繩，再綁上一支尖細長棒，「當要畫眼睛時，左手便將尖細長棒立於照片上的眼睛部位，保持固定，再將另一端右手手中的畫筆，筆直置於畫稿上，並在左右手繃緊細繩的狀態之下，右手畫筆標記下眼睛的位置；如此幾經反覆移動，便能精準地在畫稿放大照片人像。」[18]

後來攝影術日漸成熟，羅訪梅便聘請日本寫真師谷口駐館，見真軒也改名為「羅訪梅畫像寫真館」。[19]羅訪梅這塊招牌所見證的不僅是羅家的歷史，更是從清領時期的人物肖像畫，進到日治時期人物寫真；從暗房手工沖印，進到機械沖印。

羅淑紅說，小時候她看大人在店裡忙進忙出，忙些什麼她也不懂，直到二十多歲才接觸店裡的工作，開始學習放大、沖紙、拍照、修片。

「我雖然是女兒，但我想傳承這個招牌。」

沖印市場早已機械化，但羅淑紅起初仍自己手工沖洗相片，「自家做久了，總覺得外面沖印店洗的照片顏色都不持久。」她說起自家洗的照片，放二、三十年都不會褪色；說起在暗房待久了，會感覺到微微的光，身體很自然的能在黑暗動作，「每次一出暗房，去到外面都很不習慣。」

找資料時尋到一張剪報，頭上頂著「三菱彩色」的那棟樓，門面又多了「CIBACHROME．西北彩色」的字樣。招牌這事很有趣，總是能從當中尋到一些線索。我原以為「西北彩色」只是新中美開展的沖印店的名字，後來才知道那是當時非常新穎的一種沖印技術。但一開始我問小廖，小廖要我問李道寬。

那是我第一次打電話給道寬阿伯。

從小就聽小廖說著李道寬李道寬，但這名字僅止於我的記憶。雖然是親戚，但平常沒有聯繫，我像是要打給未曾謀面的受訪者一樣緊張，電話響了好多聲後終於被接起來。

「喂？」

我趕緊說明自己是誰以及致電來意，心臟撲通撲通的跳。

「我跟你講啦，你明天早上十點再打來，我現在在剪頭髮。」「我現在在理容院，剪頭髮啦！」

隔天早上，我準備打給道寬阿伯之前，手機就先響了。我跟阿美說，道寬阿伯竟然主動先打電話來，他記得一件對他來說微不足道的小事。「李道寬很好啊，他就是這樣，很講義氣。」阿美說。

跟道寬阿伯約在家附近的咖啡店。

「西北喔，就 Cibachrome 的音譯啊。Cibachrome 就是正片直接沖成照片。」

「正片可以直接洗成照片？不是要先轉成負片才有辦法洗？」

「這就是新中美那時候引進的技術啊。」

底片分兩種，一種叫正片，一種叫負片。負片是我們一般用來拍照的，因為底片所呈現的影像顏色與現實世界相反，所以叫負片，洗成照片後才會變成正的。而正片的影像直接投影出來就是正的，經常作為幻燈片使用，但如果要將正片洗成相片，得先轉成負片再進行沖印，可如此一來容易色偏，也可惜了正片原本色彩鮮麗的特質，一般很少這樣做。而那時新中美從瑞士引進

Cibachrome，可以直接將幻燈片放大成照片，顏色非常鮮豔，「你問我就對了，這案子那時候是我在弄的啊。」道寬阿伯說。

一九七七年，新中美貿易代理瑞士 CIBA-GEIGY 公司的 Cibachrome 系統，但Cibachrome 對台灣人來說不好唸也不好記，於是取 Ciba 的音，叫它「西北」。新中美還為此舉辦了兩場展示會，台北在希爾頓飯店，高雄在華王飯店，現場展出五十多張 Ciba 照片，李道寬負責示範。

「現場要大家把燈都關掉啊。」

「一個黑色長長的圓桶，紙放進去，搖搖搖。」

「相紙是類似塑膠的材質，所以很快就乾了，不用烘乾。」

要現場示範，等於要把飯店現場變成超大暗房，而且彩放得控溫，我很好奇要怎麼做。道寬阿伯說用吹風機吹啊，結果一下吹太燙，沖出來顏色不一樣。

可這並不影響攝影界對這項新技術的好奇。現場展出的五十張照片，每張都呈現了正片演色性高的特質，假設控溫確實，Ciba 沖出來的顏色會非常逼真，保存得當的話，據說三百年不褪色。[20]但 Ciba 很貴。一張五乘七照片要一百五十元，八乘十要三百元。那是一九七七年，當時一張五乘七照片差不多是十五元，Ciba 是它的十倍，一般人會花那麼多錢去洗一張照片嗎？

後來採訪攝影家陳春祿，他說 Ciba 的主要對象多半是攝影家、藝術家，或美術館典藏作品。「Ciba 的客群不多，但高階產品還是有它一定的市場需求。」陳春祿說當時提供 Ciba 沖洗的店家，除了新中美的西北彩色，還有爵士，以及他自己開設的第五階。

好奇 Ciba 究竟是怎麼樣的照片？陳春祿傳了一張樂蒂的照片給我。

「我一直有收藏老照片的嗜好，樂蒂你知道嗎？她是你爸媽和我那個年代非常有名的影星，跟凌波合演《梁山伯與祝英台》的那個祝英台。當我在二手市場收到這張樂蒂時，發現竟然是 Ciba，我超驚訝的。」

陳春祿判斷的方式是，照片有黑邊，而且材質是塑膠紙基。「Ciba 的特色是塑膠紙基，也就是有點像塑膠片的感覺。而黑邊，如果幻燈片是在未拆片夾的情況下直接沖洗，那被片夾遮住無法曝光的部分，沖洗出來就是黑色的。如果相片留的是白邊，代表是用負片沖洗。」

他在解釋 Ciba，卻喚起我一段記憶，從前爸媽在洗照片時，會有客人要求要洗「白邊」，白邊的做法就是不要將底片放滿相紙，用隔板留個邊，這樣照片沖洗出來就會有個白色的邊，像框一樣。現在想來原來如此。

樂蒂，一九三七年生，一九六八年過世，得年三十一歲，那麼那張 Ciba 的拍攝時間肯定是一九六八之前，比起新中美引進 Cibachrome 的時間還早了十一年，當時台灣還沒有 Cibachrome 的沖印方式，推論可能是在香港沖洗。二〇一一年，Cibachrome 相紙停產，陳春祿收藏的這張樂蒂可說是彌足珍貴。我看著樂蒂，對這六十年前的照片感到驚訝，顏色稍稍偏紅，但影像本身依舊飽和豐滿。

使用 Cibachrome 沖印的照片，圖為女星樂蒂。（陳春祿提供）

那麼，原本掛著「西北彩色」招牌的那棟菱天大樓還在嗎？

菱天大樓的地址在台北士林區中十路一段，現中十路已消失，改為忠誠路，原本的菱天也已拆除，現址變成一層一戶的十三樓豪宅了。西北彩色後來搬遷至台北市雙城街，改名為「西北影像」，現以影像製作與輸出為主要業務。

「Cibachrome 西北彩色」與「三上彩色沖印中心」。(蔡月里提供)

沖印廠作業流程與生態

一九六〇至一九七九年間，屬於傳統沖印時期，當時的照相館只負責拍照，照片則交由沖印廠沖洗。起初為手工沖印，如「台灣彩色片沖晒公司」；一九六八年，富士成立大型沖印廠，進入機械沖印時代。

沖印廠的工作流程，約略如下：

1. 沖片：沖洗底片
2. 放大：將底片影像放大，印在相紙上。也稱放相
3. 沖紙：沖洗相紙
4. 烘乾：將相紙放入烘乾箱
5. 品管：透過滾軸快速瀏覽相片，不合格的打X
6. 裁切：人工裁切相片，挑出不合格相片

當時的產業生態可簡單畫分為上、中、下游。上游是專賣照相沖印材料的公司，如美國的柯達，日本的三菱、富士，德國的愛克發等，各有相紙和藥水。台灣有代理商，如新中美、恆昶、泰立等。柯達沒有代理，而是自己在台灣設子公司。

小廖正進行照片品管，使用卷軸快速瀏覽照片，將不合格的照片做上記號。

中游則是沖印廠，比如新中美設有菱天、恆昶設有遠東彩色、泰立設有天然。這些直營的沖印廠是以自家代理的相紙與藥水為主，但也不排除使用其他公司的沖印材料，盡量滿足顧客需求。柯達沒有設沖印廠，這是令我比較驚訝的，我一直以為柯達也有自己的沖印廠，後來才知道此時期的柯達主要是銷售照相器材與沖印材料，直到一九八〇年後彩色快速沖印機問市後，柯達才踏入沖印市場。

下游則是照相館，主要業務是拍照、賣相機、軟片、照相材料，手工沖洗黑白照片，彩色照片則交由沖印公司沖洗。

以下圖表僅列出由台灣代理商經營的大型機器沖印廠，其他中型沖印廠如爵士沒有列出。

沖印廠作業流程：

沖片 → 放大 → 沖紙 → 烘乾 → 品管 → 裁切

相片沖印產業鏈（一九六八—一九七九）：

照相沖印材料公司	台灣代理商	沖印廠	照相館
日本・三菱	新中美	菱天	
日本・富士	恆昶	遠東彩色	
德國・愛克發	泰立	天然	
美國・柯達（未設代理商與沖印廠）			

5 李鳴鶥在做什麼？

小廖在手工暗房，阿美在放相時，李鳴鶥在做什麼？

「董事長好像很少在公司。」小廖說在公司，要稱呼李鳴鶥為董事長。紀錄片中廖名雁提起李鳴鶥，一邊笑一邊說：「他工作都交給我，所有的工作都交給我，他有閒啦，相機帶了就出去拍照了，他放心啦。」李道真也附和著說；「爸爸很幸運啦，有叔叔幫他發落這些公司的事情。」

我想多知道一些李鳴鵬與爸媽的交集，但李鳴鵬似乎都在外頭忙。我請小廖努力撈一些回憶。小廖在餐桌旁踱步，一邊走一邊想，過了一會後說：「你三叔公每天早上都要我送一根油條給他。」

每天早上送一根油條是什麼意思？李鳴鵬早餐喜歡吃油條？後來我才聽懂，小廖的意思是三叔公要磨練他，要他每天上班之前先去他那邊報到。「有時候我不小心睡太晚啊，就遲到了，很不好意思……」

原來三叔公並不是真的要小廖幫他準備早餐，買什麼也不是重點，重點是希望他的姪子不會因為老闆是自己的叔叔，工作就鬆懈怠慢。說完油條，小廖的開關像是突然被打開——

「還有，每次暗房有死老鼠，你三叔公都叫我去處理。明明有資歷比我淺的，可是他都叫我處理。」「那個死老鼠很臭啊，我戴口罩戴手套拿夾子，去找死老鼠。現在想，你三叔公應該是在磨練我啦，要我去做別人不想做的事。」

小廖說一說，又想起了一件事——

「還有，我以前關門都用摔的，ㄆㄧㄤ這樣。我不知道不能這樣啊，我看那個誰誰誰關門也是這樣。有一次我摔門剛好被三叔看到，三叔就說小廖你過來，你剛剛怎麼關門的？我就又關一次給他看，ㄆㄧㄤ一聲這樣。」

「喔喔，然後呢？」我覺得很有趣，小廖是真的沒意識到摔門不好所以摔門？竟然在三叔公面前又摔了一次門。

「三叔就問我，你都這樣摔門喔？我不知道這樣不行啊，我很老實地回答。」

小廖說三叔公就重新關一次門，輕輕將手把壓下去，門關上後再放開，安安靜靜沒有聲音。

小廖口中的三叔，像是給了李鳴鵰一種人設——要求準時、盡責、不攀關係、細心。那麼其他人眼中的李鳴鵰呢？李鳴鵰的兒子，我的伯伯和叔叔，不太談自己的父親。他們說到沖印公司的運作，說到攝影作品，但關於自己的父親，說得極少。

採訪曾書寫過李鳴鵰的蕭永盛，我說起想透過叔叔伯伯們了解三叔公，但很難。「亞洲的男人，就是這樣啊。」蕭永盛一副習以為常，他說那個年代的男人，不太會去說自己跟家人的關係，尤其是父子。

「那你的觀察呢？你採訪李鳴鵰時，覺得他是個什麼樣的人呢？」

「大概是因為做生意吧，講話很客氣，」蕭永盛說：「張才是想什麼就會講什麼，也會講粗話。李鳴鵰就不會講。」問起李鳴鵰，蕭永盛很自然提起張才。現在我若說起自己的三叔公李鳴鵰，也是先提起「攝影三劍客」，接著是鄧南光和張才的名字，彷彿那是認識他的入口。

一九四六年，李鳴鵰在衡陽路上開設中美行時，本名鄧騰煇的鄧南光，也在同一條路上開了照相器材行，名為「南光」。張才的「影心」照相館則是在延平北路上。看著「南光」「影心」，再看「中美」，名字似乎反映了老闆的背景與性格。[21]

鄧騰煇是新竹北埔望族，曾在日本留學研習新興攝影，南光這名字的由來是，當時台灣是日本殖民地，位於日本南方，他想把在日本學到的攝影技術帶回台灣發揚光大。張才出生在台北大稻埕，大哥張維賢是當年新劇的開創者，他小小年紀便跟著哥哥登上舞台，之後在張維賢的安排下前往東京學習攝影，回台後開設照相館。店名影心，出自張維賢的詩人朋友楊雲萍之口，這聽來詩意的影心，經常是張才與朋友聚會聽古典樂的地方。

南光、影心，就算不知緣由地直觀其字，也能感覺到與攝影的關係，有光有影。而李鳴鵰所開設的中美，聽來與攝影沒什麼連結，不曉得是否與二戰後美國援助中華民國有關，或是取蔣中正、蔣宋美齡的「中」「美」二字？李鳴鵰有張照片，是遊行隊伍車輛上的蔣中正與蔣宋美齡。

「中美」來源不可考，但隱約能感受到李鳴鵰的務實性格，他是學徒出身，開店就是要為生，必須賺錢，不像鄧南光愛街拍、愛徠卡（Leica），店內只賣德國高級相機；而張才最初開相館是因為自尊心——「早期的攝影師多半是在路邊招攬生意，開相館則是客人來找你拍照。」[22]

三人同在一九四六年開設了照相器材行，接著迎來的是一九四七年國民政府製發身分證，加上當時戰爭剛結束，多年的流離失所導致重要證件遺失或損毀，大量的拍照需求因應而生，連原本只想賣德國高級相機的鄧南光，上門拍照的客人也是一個接一個。而業界圈子小，李鳴鵰先認識了張才，後結識鄧南光，三人都愛拍照，經常一起出遊，也會一同上酒家。

鄧南光是出名的愛拍女人，而張才直率，據說喝了酒後開心起來，會當眾打赤膊跳毛巾舞，那麼李鳴鵰呢？「爸爸對美很欣賞，他也喜歡漂亮的女人。」李道真曾在紀錄片中這麼說。鄧南光拍女人，拍的是風情；而李鳴鵰所拍的女人，像是美麗的雕塑，注重光影。

喜歡拍女人的他們，有回一同拜訪永樂町「上林花大酒家」老闆謝輝生，邀請酒家女擔任私人攝影會的模特兒，這算是替業餘攝影圈造福，一般人可不一定有能力上酒家。那是二戰後台灣第一次舉辦模特兒攝影會，也幾乎是團拍的創始，後來才知道，這類團拍可活絡攝影市場，帶動沖印與器材，那些女模特兒都是底片殺手，而難得的機會也讓參加者使出最好的相機，鏡頭不夠好就再補一顆。

有了第一場，就有下一場。後來又有由「台灣旅行社」主辦，三人一同協辦的淡水沙崙攝影會，一樣邀請酒家小姐，只是上次是身著旗袍，這次是穿泳裝。大家的焦點當然都是那些穿泳裝的小姐，但李鳴鵰有張照片，拍的是大幅海面眩光，身著泳裝的小姐因背對日光而成了剪影。我想起李鳴鵰有回去日本東京，拍了不少裸體模特兒，那些女體看來都像美麗的雕塑。有個女人在籐編椅前，垂下一頭黑色長髮，雙手展開貼於椅框邊緣，那扇型的椅子配上女人手臂服貼於椅框的姿態，像是一顆貝。

李鳴鵰的攝影多數集中在一九四八到一九五〇年，之後便專心在照相沖印事業的發展。但從一開始他就很有生意手腕，台灣剛光復時缺底片，他標下許多空軍的航空片，也就是用來高空偵察寫真的大底片，[23]改成一二〇底片。[24]很多日本人要回日本了，相機帶不走，他便宜買進，再轉賣給中國來的新貴。之後他又取得三菱製紙的總經銷，代理「月光」「都」這兩款有著極佳口碑的黑白相紙。

之前沒聽過三菱製紙，我以為三菱是重工為主，專賣汽車、冷氣、冰箱，後來聽道寬阿伯說，三菱製紙的市占率非常大，傳真紙、菸盒裡的錫箔紙幾乎都他們家的。「說到製紙，三菱很強，像富士跟柯尼卡，一開始都是跟三菱買原紙，再自己上感光塗布，後期才有自己的紙廠。」

〈上林花大酒家女孩群〉，李鳴鵰攝影作品，一九四八。（李道真提供）

〈淡水沙崙〉，李鳴鵰攝影作品，一九四八。（李道真提供）

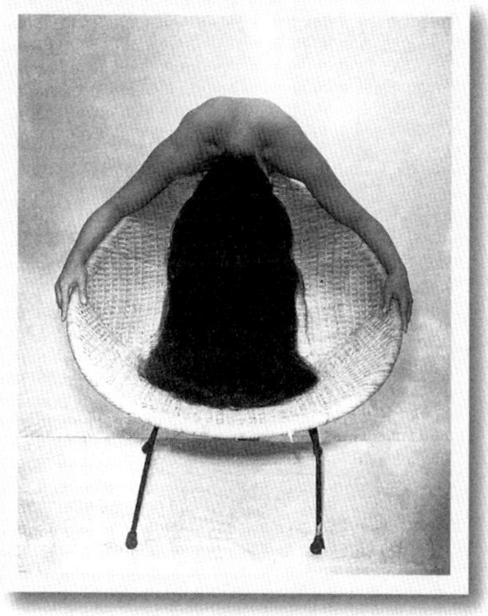

〈模特兒〉，李鳴鵰攝影作品，一九五〇。（李道真提供）

那時李鳴鵰才三十二歲，便取得了三菱製紙的代理權，廖名雁覺得哥哥很好運，「那時候貿易商執照非常難取得，但我哥哥就是拿到了，不曉得是有人介紹還是怎樣我不知道……」

在公司管理業務的廖名雁，這位菱天沖印的總經理，並不清楚自己的哥哥在外頭做些什麼，那其實是李鳴鵰主動去信到日本與三菱聯繫，後來還透過小西六寫真工業株式會社的安排去到日本東京，在日本寫真學會的年度大會中演講。小西六（Konishiroku）寫真株式會社是柯尼卡的前身，而三菱製紙是當時製紙業的龍頭。李鳴鵰與日本攝影界多有互動，也與以郎靜山為首的「中國攝影學會」有所往來。某次我採訪攝影學者莊靈，他說起了一件事——

「戰後中國攝影學會想去日本展覽，可就當時中國與日本的關係，這事不容易。郎老就委託李先生，李先生於是代表學會跟日本的攝影界建立關係，那這個關係變成朋友以後，對他日後在生意上的業務，也就開拓了。」莊靈說，「他做生意我們學不會，他很厲害。」

莊靈說「厲害」，我將那視為圓融。從前不太明白三叔公最初只是一個照相器材行的老闆，何以能與日本三菱做生意，遊走台、中、港、日四地之間？後來回看他十九歲至二十五歲那段日子，在戰時就經常是中間人。中間，這似乎也展現在他的攝影特質上，蕭永盛以「中間風格」來形容李鳴鵰的作品，介於「紀實」與「沙龍」之間。

張才與鄧南光，或許因個人性格，或許出於所信仰的攝影價值，他們經常捉拍，認為攝影應該紀實；李鳴鵰則不特別尊崇特定的攝影美學，不論是鄉土紀實、沙龍寫意或是超現實主義，他都去嘗試，「人家說某某主義是什麼樣子，真的就是那個模樣嗎？我不管是什麼主義，好的，我就將伊撿起來用。」[25]或許因此李鳴鵰能與各方人馬成為朋友，而他的人脈，也讓他在戰後創辦了台灣第一本民間的攝影雜誌。

一九五一年，台灣有一千多家相館，卻沒有一份專門研究攝影的刊物，李鳴鵰決定自掏腰包，出版《台灣影藝月刊》。辦過刊物就知道，邀稿最難，沒人脈很難成，而翻開創刊號，不乏當時攝影界的名家，郎靜山、張才、鄧南光、秦凱……。其中郎靜山屬中國攝影學會，走傳統寫意；張才與鄧南光則主張走出畫意沙龍，是寫實路線；而李鳴鵰將這些不同流派的作者匯集於一。

但出生於日治時期的李鳴鵰，其實不會書寫中文，他能說，寫就難了，因此他的稿子是自己口述，再經由朋友幫忙謄寫定稿，當時《台灣新生報》的副總編輯單建周，就是李鳴鵰的得力夥伴。可惜這份刊物只辦了三期，因為非常燒錢，求好心切的結果是每期印刷費賠上一萬元。一萬元是什麼樣的數字？那時每人的年平均所得是一五八二元，數字擺開，意涵不說自明。

這份雜誌在台灣攝影史上具有一定地位，可李鳴鵰的家人並不知曉，李鳴鵰辦了什麼雜誌，寫了什麼專欄，或是後來與張才、鄧南光在當時知名的美而廉餐廳舉辦攝影月賽，培力了許多攝影後輩。採訪莊靈與全會華時，他們說到李鳴鵰如何提攜後輩，「鄭桑溪第一次辦展覽時，張才帶他去找李老，李老二話不

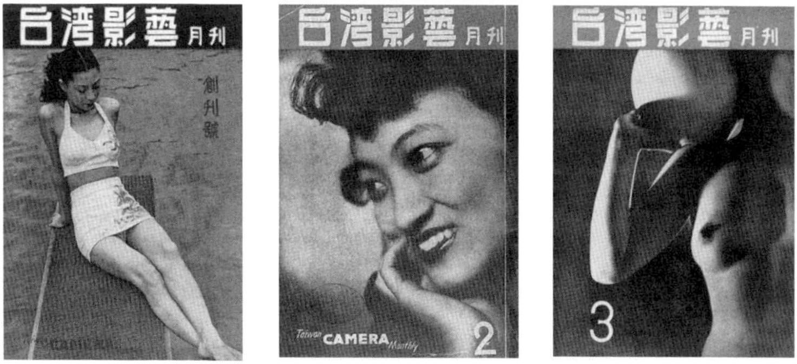

一九五一年李鳴鵬創辦台灣第一份民間攝影雜誌《台灣影藝月刊》，但僅三期就停刊。（李道真提供）

說，展覽用的相紙全部出。」「李老是沖印公司老闆啊，什麼沒有，相紙最多。」

但這些生意以外的事，家人不一定清楚。李道真說他讀大學時，某回經過衡陽路的書報攤，看到一本攝影月刊，封面有一個很漂亮的小姐，「我跟同學說哇嗚那個那麼漂亮來去看看，結果一翻，作者是我爸爸。」一九九二年，北美館典藏李鳴鵬作品十五幅，之後省立美術館與高美館也典藏了李鳴鵬作品，那時家人才比較了解他在攝影上的貢獻與成就。

那李鳴鵬教過自己的兒子拍照嗎？

「他從來不教我。他只有跟我講，看到好的影像，不要管光圈速度，就馬上拍。唯一教我的只有這樣。」李道真說。

「拍攝的時機只有一次，一生中那種機會，不會再回來。」李鳴鵰說。

有一次，他捕捉到蔣宋美齡。

一九四八年，台灣首次慶祝光復節前夕的下午，他突然聽到鄰居大喊蔣夫人蔣夫人，馬上抓起相機騎上腳踏車衝出門，捕捉到蔣宋美齡的歷史鏡頭。當時蔣宋美齡由隨扈陪同在衡陽路步行，路上還有民眾正準備慶祝光復節在懸掛國旗。[26]

李鳴鵰慣用羅萊（德語 Rollei）一二〇底片雙眼相機，這種相機其實極少用來捉拍，因它是以背帶掛於胸前，由上往下俯瞰觀景窗，影像透過毛玻璃反射而左右顛倒，對拍照來說並不直覺，且機身重，拿相機的手必須持平才不會造成影像晃動。但只要想拍，要做的就是按下快門，不論什麼相機都是一樣。

李鳴鵰起初也用過徠卡，那是一種輕巧的單眼，手拿相機貼近眼睛，喀嚓一下就完成。可拿徠卡就是明明白白的在拍。有回李鳴鵰遭被攝者拒絕，還被斥責，他便改用一二〇，相機在胸前較不容易造成被攝者的緊張或反感，有時甚至不需俯瞰觀景窗就按下快門，悄悄完成拍攝。

一九四八年蔣宋美齡（左二）由隨扈陪同步行於衡陽路，李鳴鵰拍攝。（李道真提供）

攝影者拿什麼相機，似乎也反映了他的性格？或許是那不喜與人衝突，溫文的個性，羅萊一二〇成了李鳴鵰最常使用的相機。我想起年少時候那唯一一次見到三叔公，他溫文說話的樣子，站在書店書架前推著眼鏡挑書的樣子。

〈小吃攤〉，李鳴鵰攝影作品，一九四八。（李道真提供）

〈赤崁樓一景〉，李鳴鵰攝影作品，一九四八。（李道真提供）

「攝影三劍客」傳說

說到張才、鄧南光或李鳴鵰，一定會提到「攝影三劍客」，可當我往下，卻發現一些細節說法有些不同。最廣為流傳的版本，是為了慶祝《台灣新生報》三週年，在淡水沙崙舉辦的攝影比賽，張才獲得第一名，鄧南光、李鳴鵰第二，因此出現了「攝影三劍客」的稱號。但我在王耿瑜拍攝的紀錄片中看到張才的手稿，上頭記錄了這樣的訊息——27

民國三十七年九月
「台灣旅行社」所辦淡水沙崙海水浴場攝影比賽
入選一等：張才
二等：張才、紀錄疃

咦，是台灣旅行社辦的？不是《台灣新生報》？而且名次與傳聞不同，張才囊括三個獎，且二等獎有紀錄瞳。

那李鳴鵰自己的說法又是如何呢？〈李鳴鵰回憶錄〉中這樣寫著：[28]

於盛夏的淡水沙崙海水浴場，由台灣旅行社主辦，鄧南光、張才及本人協辦並共同企畫舉辦以酒家小姐為模特兒的公開攝影會。一時之間忙得不可開交，但頻聞寫友間的叫好聲，頓時令我們幾位疲累的主辦者，心情大開，自我欣慰大會的成功。

十月，參加慶祝台灣新生報三週年的攝影比賽，評審員均邀請當時的文壇人士或畫家。其比賽結果，冠軍由張才獲得，亞軍兩名分別為鄧南光及本人……

李鳴鵰的說法與張才手稿有所出入。後來讀到張照堂採訪林壽鎰先生的文章，又有另一個說法——

初次與林先生見面是一九八五年五月，當時正為《影像的追尋》撰稿。他在家裡翻出一堆陳年舊片，興致勃勃的大談當年的攝影榮光。其實早在一九四八年，他就與「快門三劍客」參加新生報四週年的攝影比賽，在淡水沙崙海灘集體搶拍養眼的「涼」快照。因為取景對象大都是定點擺置的泳裝模特兒，他拍出來的與「三劍客」們雷同性很高，當時張才得了第一名，鄧南光、李鳴鵰並列第二，林壽鎰獲得了三、四、五獎，但他還是很得意。因為他是從桃園鄉鎮來的草地郎，不像台北攝影家那麼有資源、有來頭，何況他還一口氣包辦了後三個獎。[29]

林壽鎰，也就是紀錄瞳，張才手稿中的第二名。

大家說法有些出入，我做了個表對照整理。

版本來源	時間	緣由	名次
廣為流傳版	一九四八年	台灣新生報三週年攝影比賽	第一名：張才 第二名：鄧南光、李鳴鵰
張才手稿	一九四八年九月	台灣旅行社淡水沙崙海水浴場攝影比賽	第一名：張才 第二名：張才、紀錄瞳 第三名：張才、鄧騰煇、李鳴鵰
李鳴鵰回憶錄	一九四八年盛夏	台灣旅行社淡水沙崙海水浴場攝影比賽	無提及名次
李鳴鵰回憶錄	一九四八年十月	台灣新生報三週年攝影比賽	第一名：張才 第二名：鄧南光、李鳴鵰
林壽鎰（張照堂採訪）	一九四八年	台灣新生報四週年淡水沙崙海水浴場攝影比賽	第一名：張才 第二名：鄧南光、李鳴鵰 第三、四、五名：林壽鎰

我很想知道哪一個說法是「對的」，如果是《台灣新生報》主辦，為何在國圖的數位檔找不到資料？若這是兩場分開的攝影比賽，它該有自己的得獎作品，但現在幾乎被混為一談。張才手稿與張照堂的採訪，得獎紀錄都有林壽鎰，可幾乎極少被提及。

在挖掘的過程中慢慢發現，「三劍客」一詞並非緣於當年那場攝影比賽的得獎結果，因為不論是淡水沙崙海水浴場攝影會，或是《台灣新生報》攝影比賽，都是聯誼性質大過於攝影表現，去追究當年的名次為何似乎沒有太大意義。

曾在攝影學者簡永彬的臉書上，讀到攝影三劍客的「真實來源」——有回他遇到攝影前輩黃則修，[30]黃則修說：「攝影三劍客是我取的。」「他們都是照相器材商，也是台灣文化協進會攝影委員會的委員，三人又共同出資，每個月舉辦攝影月展提攜後進，攝影三劍客的美譽在他們身上是恰如其分。」當時坊間正上映洋片《三劍客》，改編自大仲馬小說，一九四八年於台灣上映，說的是達太安與三個朋友阿多斯、波爾多斯、阿拉密斯的友誼，黃則修便將三劍客這名套用在他們三人身上。達太安那句「人人為我，我為人人」的座右銘，像是鄧南光、張才和李鳴鵰三人，經常為了攝影界義氣相挺。

說到黃則修，我聽這名覺得耳熟，想起大學讀實踐設計系有攝影課，老師就是黃則修。當時系上設計課太重，許多同學都把非主修蹺掉來補眠，有回上攝影課，全班只有一個同學出現。真是有眼不識泰山。

6 小廖開「洋洋」，阿美當老闆娘

當李鳴鵰與中、日、港交流，創辦攝影刊物，與張才、鄧南光一同舉辦攝影月展時，菱天在廖名雁的帶領下逐漸擴大。

一九七四年，菱天與高雄的照相器材行合夥開設新公司，廖名雁派小廖南下當手工組組長。

每回講到這事，小廖總是很得意，「我帶兩個徒弟下去，他們一人薪水就有八千。我薪水一萬。」那年小廖二十四歲，薪水一下子從三千五百元，跳到一萬。[31]

公司生意很好，但沒有賺錢。「我跟五叔說，那家店一個月收四十萬，卻用了十八個人，不會賺錢啦。」由於是合夥的公司，經營權不在菱天手上，廖名雁決定退股。

菱天退股後，小廖計畫在高雄開手工放大的小工廠，自己當老闆。大概是覺得有技術在身，小廖一直很想當老闆。當時的沖印產業生態，除了類似菱天那樣的大型沖印公司，也有專做手工放大的在地小沖印工廠，這種小工廠不做機放的三乘五照片，而是專做手工放大，一些比較重要的照片，像是家庭團照、結婚照、畢業照。只做手工放大的話，不用花大筆資金添購沖印的機器，只要有彩色放大機，基本的沖片桶、沖紙桶、設好暗房就可以了。

外派高雄的那一年，小廖觀察了高雄沖印業的生態，大概有多少相館，是否撐得起手工放大的市場，他大概有個底，他想闖闖看，但需要有熟門熟路的業務，業務在沖印產業中扮演至關緊要的角色，就算有技術，收不到件也是沒有生意。

小廖找了阿榮，阿榮是之前合夥公司的業務。「阿榮底薪一萬，按件再抽一成。那時候洋洋一個月做三十萬，抽一成就有三萬，阿榮一個月薪水大概拿四萬，比我這個老闆賺得還多。」小廖笑著說，一個月做三十萬也不少，但薪水發一發進貨成本扣一扣，其實沒賺到錢，賺到社會經驗。

公司叫「洋洋」，取小廖名字的最後一個字。小公司規模不大，卻也養了不少人，除了阿榮，後來又請一個新的業務，「然後一個放大的師傅，就我徒弟啦，我把我徒弟也找過來做。一個修片叫阿富的，另外有兩個學徒。你看這樣就幾個了，還沒算你媽媽。」小廖一邊說，一邊算給我聽。

除了阿榮，其他正職薪水大概一個月一萬，學徒拿三千。小廖說，媽媽那時候負責算帳。講到算帳，阿美插進來說：「我滿會算帳的，算帳都很快。但其實做生意，不是你算多少錢就可以收到多少錢耶。有的店家會自己把尾數扣掉；有的過了兩三個月就是不付錢，要人家催；有的會倒帳。所以我說阿榮還滿厲害的，帳都收得回來，而且也滿會收件的，他跟高雄的相館、婚紗店都滿熟的。」

「但新來的業務感覺就沒那麼靈活，有時候還會預支薪水……」阿美說起錢的時候，就很像媽媽，「那時候進藥水、相紙都要錢啊，常常要周轉。我們進藥水開票，客戶給我們錢也是開票，錢就在那邊轉來轉去，進進出出差不多就是那些錢。每天好像都很忙，實際上沒賺什麼錢，但還算是平衡啦。」

聽阿美這樣說，感覺老氣橫秋。但想想那時阿美跟小廖結婚，大學才剛畢業，二十出頭的年紀，就跟小廖扛起一間小工廠的生計。小廖阿美說沒賺到錢，但我覺得很厲害，光是願意闖，光是撐起一間小工廠，養活包括自己六到八個人。而更令我驚訝的是，阿美那時除了帳務和行政工作，每天還要煮一桌菜給大夥吃。

「阿榮在和平二路有棟透天，我們跟他租地下室和一、二樓。地下室跟一樓當廠房，我跟你媽和兩個徒弟住二樓，阿榮和他太太小孩住三樓，四樓住阿榮的姊姊。」小廖說。「那裡靠近樂群國小，旁邊都是田，」阿美說：「吃東西很不方便啊，媽媽就負責煮。」

早上八點到下午五點上班，阿美負責午餐，張羅大家吃飯。「伙食沒有收錢，只有飲料要付錢。」阿美會在冰箱備好飲料，放本小簿子，要喝什麼就自己拿自己登記，月底算薪水時再結帳。「那個地方比較偏僻，沒什麼店家啊。」阿美說。

阿美現在輕描淡寫，但聽在我這個女兒耳朵裡，真是很驚訝。有記憶以來，家裡極少開伙，媽媽最常開伙的時候，好像是我小學一、二年級、弟弟還在讀幼稚園，那時媽媽沒上班在家帶我們，大概就那幾年煮得比較勤。後來媽媽又開始上班，朝九晚五，偶爾還要上晚班，我們也就養成外食的習慣。但主要還是因為阿美不喜歡煮飯，「我沒有特別喜歡煮飯啊，又要買又要煮，煮半天一下子就吃完了，外食還比較方便。」阿美說。

小廖說，你媽結婚前不會煮飯，「是我教她的。」阿美也從來不避諱自己不喜歡煮飯。

這讓我想起小學二年級，有回週末，朋友蔡依珊來家裡玩。阿美說，「媽媽出門一下，等一下就回來。」我說好。媽媽出門後沒多久，蔡依珊說要不要去她家玩，「順便來我家吃飯，我媽說今天中午吃蝦子。」我說好，我最喜歡吃蝦子了，「我留張紙條給我媽。」

後來阿美回家時，手提了兩袋食材，但沒看到小孩。傍晚我回家，阿美說：「媽媽買了透抽呢。」我真的沒想到媽媽會買菜。阿美說沒關係，晚上再煮也可以。這件事我一直記到現在，想著媽媽好不容易想煮一頓，比如透抽跟魚，都是我喜歡的，可是我卻跑去朋友家了。

媽媽難得想煮飯，讓我記到現在。所以當我知道阿美年輕時曾經得每天張羅一大桌飯菜，就覺得她很厲害。但這有什麼厲害，從前生在大家庭的女人，張羅一家子吃不都是家常便飯？要是不會煮還被嫌。阿美總說自己命好，「在這件事上，我真的是命好，你爸不會要求我一定要煮飯，我們又沒跟公婆住。」而這樣的阿美，為了餵飽工廠員工，竟然天天煮一桌菜，「我那時候根本不會煮飯，不喜歡也不擅長，但這樣也煮了一年多。」阿美說。

「那時候你都煮什麼？」

「我哪記得煮什麼？都亂煮啊！肉煠煠（sàh sàh，水煮）耶，沾醬，炒幾個菜。煮好就放著，有空的人就先來吃。大家人都很好，沒人嫌我的菜。」

不會也不擅長，甚至不太喜歡，但她遇上了，就去做。就像從前剛接觸放相片這種技術型工作，雖然不是自己喜歡的，但她還是認命地做。

「二樓隔成好幾個小房間，我們住靠馬路的主臥房，另外兩個房間就給有需要的人住。那時候有兩個『學師仔』，一個叫蒲ㄚ，一個叫弟ㄚ。我跟他們相處得滿好，我好像在照顧小孩。很像一個大家庭，還滿好玩。」阿美說。

「學師仔」（o̍h sai-á），意思是學徒。第一次聽到時不太懂，聽不懂是一個名詞？還是動作？剛開始聽到「師仔」，想說學徒不是學生嗎，為什麼叫什麼什麼師仔？後來才知道，「學師仔」三個字要一起看，意思是徒弟學師傅，師傅做什麼就學什麼。如此想來，這詞還真傳神。

學師仔多半是國中畢業未繼續升學的少年，從外地來，師傅包吃包住，也身兼類似父母親的角色。我沒想過小廖和阿美也曾經帶過學徒——我不是對帶學徒這件事感到驚訝，而是對阿美在集體生活中所扮演的角色感到驚訝。

印象中的媽媽，不是一個喜歡集體生活與社交的人。當她才剛與小廖結婚，就投入一個像是大家庭的樣態，而她說起那段日子，卻透露著懷念：「收工以後，大家常常去吃消夜，騎腳踏車去，這就是那時候的娛樂啊。小朋友也去。我們很常去一個……廣州一街再過去的那個夜市……光華夜市，我很喜歡小吃，大腸包小腸，蚵仔麵線啊……」但阿美不會騎車，都是小廖載她。

「小朋友也去……」「我好像在帶小孩……」阿美說起蒲丫跟弟丫，把他們說得好小，好像自己是他們的媽媽。但其實阿美也才大他們六、七歲，了不起是姊姊。

我好奇阿美在他們面前的樣子。他們是把阿美當作老闆娘？還是師娘？還是大姊姊？「為什麼叫蒲丫跟弟丫？」我問。「弟丫就是，因為是阿榮太太的弟弟。蒲丫就是，常常一個瓠仔臉啊。」[32]阿美說，「洋洋收起來後，蒲丫去學裝潢。弟丫不曉得是做什麼生意，但好像做得滿好的。他們後來都還有來找我，來我們現在這個家。」

除了蒲ㄚ跟弟ㄚ，其他員工大概二十多歲，有些也是從外地來，自然也就住在公司宿舍。晚上收工後，大家一起吃消夜，也會玩撲克牌、喝點東西消遣。沒住公司的，跟大家感情也都不錯，「修片的阿富，他家在高雄比較外圍那邊，高雄縣哪裡忘了。他的家鄉拜拜大熱鬧，還請大家去吃拜拜。」阿美說。

聽起來就是年輕老闆老闆娘跟年輕員工的故事。工作細節說得不多，勾勒出的反而是小工廠型態的公司，大夥生活工作都在一起的那種打拚氛圍。小廖和阿美自己創業，生意好壞都得自己承擔；而年輕員工和學徒，也正處於一種得擅用所長或得學會一技之長，為自己人生負責的階段。到這裡我已經不會再問：他們是因為喜歡沖印所以來學技術嗎？不會再問這麼天真的問題。

這段小廖創業的故事，阿美說得比較多。小廖是那種有問才有答，不然就是經常重複自己說過的、特別喜歡的故事。而阿美是場景回憶型的，給她一個碎

開「洋洋」的小廖（後排拿吉他者）與暗房徒弟。

片、一個關鍵字，她就能撈出許多。

當初小廖說要做手工放大，自己創業時，阿美支持嗎？依照阿美保守的個性，我好奇她的反應。「沒有贊成也沒有反對。」阿美說：「其實也很自然，他已經到一個階段了，他要創業，應該也還好。」

「還好」的意思是：OK，也可以。但她也不是說「好」。如果不是小廖想自己當老闆，阿美大概也不會有創業的念頭。對她來說，有穩定的工作和薪水，比較穩當也沒有壓力。而當自己的先生想要創業，她雖然不算積極支持，也沒有反對，她就實實在在的去做自己能做的事，成為一個協助者。而這段經歷，又讓我見到不曾認識的阿美——那就是年輕。阿美口中的自己有一種年輕感，跟印象中的媽媽不太一樣；因為年輕，沒有什麼「早知道」，還沒有那些必須經歷過才懂得的盤算，有一種彈性和餘裕去面對未知。阿美，我眼中很務實的女人，那花了一年多但幾乎沒有存上什麼錢的創業經歷，她說起回憶時，聽來卻有一種自在。

「爸爸有沒有跟你說我們遇到颱風？」阿美說，「那好像是高雄最大的颱風，二樓窗戶都被吹走了，停水停電好幾天。一樓鐵門竟然整個掀起來，從來沒遇過那麼大的颱風，那時候想說慘了……」

聊這段故事時，我們坐在阿美的房間裡，門半掩著。

「賽洛瑪，」小廖推開半掩的房門，「那個颱風叫賽洛瑪。」

一個颱風可以記到現在，看來是餘悸猶存，但問起有什麼損失，小廖仍舊一派輕鬆：「鐵捲門後面是我們的暗房，暗房是密閉的隔間，設備沒什麼損失。是說外面很慘啦，整排馬路的電線桿都歪掉。」

「哪裡沒損失，那個一樓鐵捲門被吹彎，二樓主臥窗戶整個砰地被吹破，玻璃碎滿地。還好那時候沒人在房間裡。」阿美說，停電一個禮拜，一個禮拜不能做生意。

我查賽洛瑪，報導說是「二戰以來台灣最大的破壞事件」。一九七七年七月二十五日，颱風從高雄登陸，侵襲高雄港，至少數十艘船損毀，三十七人死亡、十二人失蹤、二百九十八人受傷，三千三百八十五間房屋全倒，交通與供電系統遭受到嚴重破壞等等，一九七七？正是我出生那年。十一月我在台北出生，而七月的賽洛瑪小廖阿美人在高雄，代表當時阿美正懷著七個月的身孕？後來追查時間軸，才發現一些奇妙的點。我記得阿美說自己剛懷孕就生病，北上就醫，在台大醫院住上很長一段時間。但如果阿美經歷過賽洛瑪，代表至少是八月之後才上台北。我將疑惑說給阿美聽，阿美說：「這個一時也沒時間感，先說確定的事——賽洛瑪颱風我人在高雄，因災難過程令人難忘，但不記得那時是否懷孕了。再來就是北上就醫，住院待產直至生產。接著就是爸結束洋洋回台北了。」

阿美的「時間感」非常奇妙，賽洛瑪的記憶大到蓋過懷孕？但也不能這麼說，因為懷我而生病住院，對阿美來說是一件攸關生命的事——

「懷孕時一直咳嗽，咳得很嚴重，怎麼治都治不好。查不出原因，就回台北，去台大醫院檢查，說什麼肺不好，氣管也不好，氣管好像是阻塞，其中一個肺就關起來。那個病名是什麼，我也不是很清楚……有一度懷疑是肺結核，檢查後也不是，是陰性。」

檢查不出確切原因，可是生那個病要吃很多藥，有醫生擔心會對小孩造成影響，建議拿掉。後來都推進去了，最後一刻兩個年輕的主治衝進來說不用拿掉，「權衡輕重後，決定把小孩留下來，要不然就沒有你了。」

阿美被推進去又推出來，這故事我從小到大聽好幾遍。當事情的結果是「好」的，就能變成一個被輕鬆說出的故事。但我設想那個經歷，阿美第一次懷孕，就要面對如此困難的選擇。「那時有一種賭的感覺，還好生出來沒怎樣。」阿美一輩子不賭，而生個孩子，第一次賭，就賭好大。

「好不容易把你生下來，結果你一出生就生病。」接下來是聽了好幾百遍的故事，「媽媽身體不好，都是你奶奶在照顧，奶奶就是在照顧你的時候發現自己身體不太對勁，一檢查是大腸癌，兩年後就過世了。」

阿美口中的奶奶，是阿美的媽媽，我的外婆。「那時候真的是，奶奶也生病，你也生病，媽媽身體又不好。你出生後就一直拉肚子，不曉得什麼原因，也不能吃，只能打點滴。那麼小的嬰兒要打點滴，根本找不到血管，最後只好打在頭上。有一次護士點滴沒打好打到肌肉，整顆頭水水軟軟的。」阿美以為我快死了，趕快叫小廖回台北看我。

阿美說自己身體太差，需要休養，不可能再回高雄跟爸爸一起做洋洋，「可是你爸只會技術，算帳什麼的都不會。每間相館都要寫傳票，整理好傳票要請業務去收，這些你爸都不會，他沒辦法繼續維持。」洋洋收起來後，小廖回台北，夫妻倆一起到前同事投資的彩色沖印工廠工作，做沒多久，小廖不適應新公司，決定再闖一次。這次小廖去到阿美的故鄉羅東，一樣做手工放大，阿美自然是跟著他去。

我好奇家裡有洋洋時期的照片嗎？畢竟是自己創業的第一間公司，但翻遍小廖和阿美的相簿，怎麼都找不到。

小廖到阿美的故鄉羅東，做手工放大。先說結果——只做了一個禮拜，就收起來了。

會到羅東，主要是因為阿萬。小廖說起阿萬，「他本來在菱天做打掃，很勤勞喔，三嬸就派他去羅東收件，怎麼講，就是信任他這個人很可靠，不會亂來，業務誠信很重要啊。他在羅東跑熟了，就另外介紹一些手工的件給我。他的太太在送養樂多，夫妻倆都很骨力啦。」

小廖口中的三嬸，是李鳴鵰的太太，曾聽阿美說過，是個重情義照顧人的長輩。原本打掃的阿萬後來成為業務，除了個人勤勞可靠，也顯現了那個年代的公司拉拔員工，不一定看學歷。後來也因為阿萬的幫忙，小廖能在羅東重新出發。

但小廖錯估情勢。

「東北角大概有三十家照相館，我只做到十家。每天騎機車收件，要跑一百公里，頭城、南方澳、蘇澳、宜蘭、羅東，這樣每天跑一百公里只做十家。」小廖說他校長兼撞鐘，收件回來之後馬上開始做，做完隔天再送件再收件接著繼續做，一個禮拜下來就累垮了，「藥水加錯，母液整個壞掉。」

母液壞掉就不做囉？我有點不明白，壞掉重泡不就好了？「當然重泡就好，但主要是太累，就算繼續做，一個月也只能做十萬。」小廖說在高雄做洋洋，一個月可以做三十萬，東北角如果要做到三十萬，至少要做三十家，十家太少了，撐不起來。

從前聽小廖說這段故事時，並不真的明白其中意涵，也沒去想當中的矛盾。我回想爸媽以前在高雄開洋洋，那是六到八個人的格局，到羅東後只有他跟媽媽兩人，兩個人要怎麼做三十萬？還是他覺得從前在高雄的開銷太大，賺的錢都拿去付薪水，現在想要自己拚拚看？

小廖想轉戰東北角，把東北角的手工吃下來，可是當地也有手工業者，就算阿萬介紹，人家也不可能一下子就把生意都轉給你。只做一個禮拜，做不到自己預期中的業績，就放棄不做了？我很好奇阿美扮演的角色。

阿美說起這件事時，如同從前在高雄開洋洋，是個協助者。我沒聽過阿美評論小廖為什麼只做了一個禮拜就收起來，為什麼不試著調整做法或是慢慢經營人脈，我沒聽過阿美說小廖，不像他們的女兒這樣自以為是。

阿美從找廠房開始說：「籌備的時候，爸媽借住你二阿姨家。媽媽的同學阿惠，之前跟你講過的，我的國中同學，讀大學還一起租房子那個，就是她幫我們找到地方。」兩層樓，一樓做工廠，二樓當住家。

那個時候很多人幫忙耶，阿美說：「媽媽的二叔，就是爺爺的弟弟，在學校當主任，幫我們拉生意，接畢業的照片，接了一堆，結果沖片藥水壞掉，都不知道要怎麼賠……」阿美說到一半，小廖加進來：「那時候我還用磚頭砌一個可以幫桶子保溫的牆，最後也沒有給人家復原……」

準備期大概一個多月，才開一個禮拜就收店。面對這樣的結果，阿美沒多說什麼，倒是說起那段時間受過的照顧。

「阿公阿嬤還來看我。」阿美是給她的阿公阿嬤帶大的，跟他們很親，「一直到小學五、六年級還是初中，我都跟阿公阿嬤住。」阿公帶著碗公碗盤，阿嬤帶著魚啊肉啊菜啊，騎著腳踏車去看阿美，「他們大概想說我們怎麼都沒有煮，是不是沒錢煮飯？」

阿美說起這段時，看著小廖，那眼神像是你記得嗎？他們竟然帶著碗公碗盤來耶，是怕我們連吃飯的碗公碗盤都沒有嗎，阿美一邊說一邊笑，小廖也陪著笑，笑中帶著靦腆，像是不好意思。

這時阿美突然起身，從抽屜翻出一折小塑膠袋，她打開其中一個，抽出兩張小小的紙片，是我外公的身分證影本。阿美要我看背面。

「父：何阿木。母：何陳烏毛。」我把影本背面的父母欄唸出來，「爺爺的爸爸媽媽，叫何阿木跟何陳烏毛喔。」「所以你阿嬤原本姓陳？她的名字怎麼那麼有趣？烏毛，oo-moo？黑色的毛？」阿美說對啊，阿嬤叫oo-moo，阿公叫阿木，那時候的人都這樣取名字啊。我看著那舊版的、手寫字的身分證影本，兩個陌生又親切的名字。

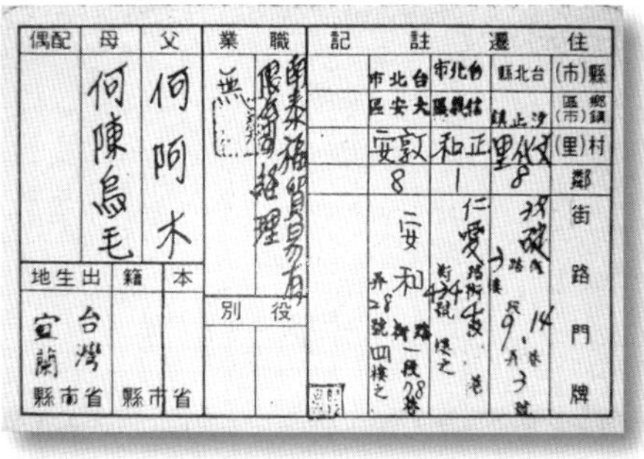

阿美的阿公何阿木、阿嬤何陳烏毛。早期身分證是手寫的。

家裡相本有他們的照片嗎？阿美拿出相本，找了一會後說：「奇怪，小時候都是阿嬤帶著，怎麼都沒看到合照呢？」

在羅東那短短的籌備期，有個小插曲。阿美在那遇見了書。

一直以為，阿美從小就看書。「怎麼可能？小時候家裡沒有什麼書啊，家裡沒錢買書，後來讀高中要準備大學聯考，書都讀不完了，怎麼可能還看別的書？」「上大學後讀夜間部，白天打工晚上上課，也不可能看什麼課外書。」姊姊是國中老師，姊夫是牙醫，家境好加上兩人都愛看書，家裡有好多書。「我先看偵探小說，克莉絲蒂，松本清張……很好看哪，一本接一本。」阿美從那時開始看書，但她不像姊姊一樣有錢買書，「還好有圖書館。後來我就一直去圖書館，從那時候養成看書的習慣。」

籌備工廠要張羅的事多，日子奔波，連我都沒帶在身邊，在台北讓嬸婆帶，而在那樣的時空，阿美遇到了書。阿美二十多歲才遇到書，就看了一輩子。她今年七十，仍舊往返圖書館，借書，看書。

「我前陣子看山崎豐子。山崎豐子你知道嗎？寫《白色巨塔》的，她的就是很有劇情。夏目漱石的比較沒有那麼有劇情，可是也滿好看的。」

我與阿美的個性、生活和工作價值觀，幾乎是光譜的兩個方向，而看書讓我們有了那麼一點連結。「阿美也看書，那麼阿美可能會懂。」就算不懂，無法理解，但我們之間至少存在著某種共同的語言，在某些無法面對面口說的時候，我可以透過文字，試著向阿美傳達。

有時會想，如果小廖沒到羅東開店，阿美就不會在姊姊家住上那一段時間，那麼阿美還會成為一個喜歡看書的人嗎？如果阿美不看書，那麼，我會是一個愛看書的人嗎？我會走上寫作這條路嗎？

作者小時候與媽媽阿美。

家庭工廠起家的器材師傅

小廖說那些手工彩色沖印的沖片桶、沖紙桶，現在大概都沒有了吧。原本以為無緣得見那些工具的樣子，沒想到竟找到了製作沖印器材的師傅。

張境雄，「萬興沖印器材」的老闆，老家原本做電鍍，一九七四年起投入沖印器材的製作。張先生拿出好幾本三乘五的相簿，裡頭全是他曾經研發製作的器材。小廖口中的桶子，第一次出現在我眼前。

與小廖開的洋洋相仿，萬興是家庭式的工廠，張先生與牽手加上員工四人，純手工製作器材。張先生翻著那些照片，一張一張說明每一代的沖片槽有著什麼不同的功能，我這才知道那些塑膠桶全是「手工」製作，原以為塑膠製品都是機器射出，張太太說，這些桶子全部都是用手去拗啊。「用手去拗？」「沖片的藥水槽附件多，必須手工。」張先生說那時兩人一組，一組要做一個禮拜。工廠有六個人，包括張太太也下去做，兩組在廠內，一組跑外頭維修，生意極好，都被案子追著跑。

張先生原本做電鍍桶，後來因朋友的介紹轉作沖印器材，「我有個同學的親戚是天然彩色沖印公司的董事長。」「天然彩色」是愛克發系統的沖印公司。「那時的沖洗器材都是從德國進口，董事長覺得台灣如果有人可以來做這個器材，就不用進口，希望我可以幫他做。」於是張先生邊做邊學習，邊學習邊做，還去職訓中心讀電學。

張先生開始製作沖印設備，做出成績之後，也接其他沖印公司的案子，「後來富士也把他們的需求與技術提供給我。」張先生是讀建築的，畫圖是他的本業，「在技術跟畫圖上，我可以直接跟業主溝通，我當場畫立體圖給他們看，他們可以提出需求。」

不是本來就會，而是一邊做一邊學，這是張先生的特質，也是我對他印象最深刻的事。

而當器材研發出來，他繼續不斷改良。我看著第一代到第三代的沖片槽，從原本要自行加熱藥水，人工測溫，到新增電熱器與循環馬達，讓藥水能隔水加熱均勻升溫。藥水桶是擺在規格化可移動的塑膠槽內，不像小廖從前做手工沖片，是土法煉鋼自己砌一個水泥圍槽，再把桶子放進去加溫。我看著張先生講解那些器材，眼睛亮亮的。

「這些器材都是先做好讓人來買？還是有人訂才做？」我問。

「沖洗器材的需求量還滿大的。」除了沖印公司訂作，有些規模大的相館也會買，像是專拍人像照的「國華彩色」，「他們有師傅會自己沖洗照片，就會買沖印器材。」這樣生意應該很好？「也沒有啦，營業額大概二十幾萬，薪水發一發就差不多了。一組器材要做一個禮拜，不是可以量產的東西，只能一組一組慢慢來。」

一九八〇年，日本諾日士（Noritsu）生產了彩色快速沖印機，沖片沖紙全自動，原本我以為像萬興這種製作手工沖印器材的家庭工廠會受到極大衝擊，沒想到張先生竟然也做了一台自動沖片機。

手工沖片用的軟片網架（左起）、沖片桶與沖紙桶。（張境雄提供）

改良後可自動控溫的沖片槽。將具顯影、漂白、定影、穩定等不同功能的藥水注入各槽，透過電熱器與循環馬達讓水溫對流循環。（張境雄提供）

「這不是諾日士的自動沖片機嗎？」張先生靦腆地說對，他模仿諾日士的設計，「當初還沒有專利限制，我就學它的設備，自己做了一台。」

「底片不能沖壞，不能卡住，不能有刮痕，不容易。」

張先生自製的自動沖片機，外型功能幾乎都與諾日士一模一樣，操作者只需將底片抽出黏貼於塑膠片夾，送進沖片機，剩下的事全由機器代勞，還包括烘乾。但這台沖片機可不是手工時代單純的沖片桶，還涉及電路與電腦自動控制，這樣也可以「學著做出來」？

「諾日士的機器進來後，有些沖印公司會找我幫忙維修，看久了就知道裡面的構造。」張先生說，「我以前是讀建築的，結構和畫圖對我來說不難，但電的方面比較弱，我就自己去上課，學水電啦、配電啦、ＰＬＣ電腦控制。」張先生去職訓局上課，自己動手研究，從什麼都沒有到做出來，花了八個月。

「可是……這樣抄諾日士的沖片機，他們不會有意見嗎？」最後，我忍不住問了一個很直接的問題。

「那個年代還沒有專利的概念。他們那種日本大公司，也不會理我們這種小店……」但張先生還是做了一些設計上的改變，「我把烘乾做在裡面，這樣底片就不用上去下來，比較不會出問題……。也不會跟諾日士長得一模一樣，不好意思。」

張境雄仿諾日士自製135彩色軟片沖片機。（張境雄提供）

張先生還研發過「藥水環保回收處理機」。這機器是這樣的：先把定影液裡的銀電解出來，銀可以燒成銀條。銀取出後，放藥物進廢水，將顯影、定影的藥物吸附起來，變成泥狀，排出去就是清水。之後將那些含有藥物的汙泥透過酸鹼綜合處理，送到焚化廠燒掉。

「你怎麼會想到做這個？」我知道沖印機有廢水要處理，但這跟沖洗器材又跨了好大一個領域。

「我最先做的其實是處理銀的機器。」張先生說，當時銀一兩可以賣一百二十元，有家廠商跟他進機器，專門收照相沖印店的廢水，「但廠商把銀拿走後，沒有處理廢水就直接倒掉，弄得河川都黑黑的，被檢舉後工廠就被查封了。」他看新聞才知道這件事，新聞畫面中被查封的都是他家的機器。

張先生說，賣銀有錢，但沒有相館想花錢處理廢水，就算想處理，有能力處理的廠商幾乎沒有，「大概只有像中影那樣的公司才有辦法處理吧，得夠大夠有錢，才能花個幾百萬做廢水處理。」後來政府就鼓勵民間的公司跟研究所合作，生產廢水處理機，張先生便投入研究生產，「配方是新竹科學園區給的，設備由我們來做。」

不過，要沖印店另外再花錢處理廢水，真的有店家會這樣做嗎？

「有段時間抓很緊。」環保署會追蹤大廠像是柯達、富士，請他們出示賣藥水的三聯單，環保署會盯三聯單，藥水賣到哪家沖印店，沖印店又怎麼處理廢水，是自己買設備來處理？或是花錢請廠商來處理？會從三聯單追蹤最後廢水的去處。「但也有些相館因此買水貨，」張先生說，水貨除了比較便宜之外，也查不到帳單，就無法追蹤廢水去處。

我回想小廖說過從前請人收廢水，可以賣銀有錢可拿。後來請人家來收，是互相抵銷，銀給對方，對方幫忙處理廢水。再到更後來，廢水還要花錢請人來收。

原本只是想看看從前的手工沖洗器材長什麼樣子，沒想到卻看到了彩色沖印進程的縮影。想起最初張境雄先生這條線，是攝影家陳春祿牽上的，當時他找出一張名片，我忐忑地打了電話，二十多年前的電話還會有人接嗎？電話響了，張先生的聲音像是一道陽光，「那些器材的照片我都有留著喔！」

我終於看到那些器材，照片的物理性質將東西的「樣子」記錄下來，如此平凡無奇的東西卻使我興奮：「就是這個！」「原來它長這個樣子！」

7 他們還不知道，彩色沖印就要飛起來了

「李道寬知道後，二話不說，二十萬買下設備，要我回海天。」小廖說。「但設備很陽春，只有一個手工放大機好用，其他那些桶子什麼的，哪值多少錢。」阿美說。

羅東工廠結束後，李道寬要小廖回海天。海天，是新中美系統在南部的沖印公司，規模較菱天小一些，收件主要範圍是南部的照相館。一九七七年，彩色沖

印公司漸漸由北往南，不再集中台北，當時李鳴鵰旗下的沖印公司，有台北菱天、台中天麗、高雄海天。李鳴鵰的二兒子李道寬，負責嘉義以南的生意，當他知道小廖結束羅東的工廠，便要小廖到海天來，設立手工部門。

這事聽爸媽說過一百次。一百次的意思是，每逢提到李道寬就講一次，提一次說一次，說的其實都是：「李道寬真的很講義氣。」這義氣不僅是因為他是小廖的堂哥，同時也是身為主管對員工的照顧。

小廖先去海天，阿美則是在一個多月後，打理好需安頓之事，到海天的自動機放組，夫妻倆又回到三叔公底下的公司工作。但其實，阿美回海天工作前，原本想考公務員。

「媽媽一直很想當公務員，我以前讀公共行政的嘛。」那時郵局正好在招考，阿美去報名補習班，「我報名費都繳囉，還上了四、五次課，結果發現懷弟弟了。」「我就想，這樣可能沒辦法繼續準備考試，就算考上，小孩才剛出生要怎麼去上班？」阿美決定放棄補習，補習班還退她補習費，「我運氣不錯，都遇到好人。」

阿美試著走另一條路，但沒有真的走。阿美不是冒險型的個性，她渴望穩定的工作，而現實卻是跟著小廖創業，南下北上，生意失敗後又南下。就這樣，阿美跟著小廖又回到海天，一個做手工放大，一個做自動機放，住在公司提供的宿舍，是相對穩定的工作與生活。她不知道，再過沒多久，小廖會去台南種菇。

「海天還提供宿舍喔？」阿美說對啊，房子自己租，但海天會幫員工付房租。阿美生產後坐完月子，繼續在海天上班，同事的媽媽幫忙帶弟弟。而我，在台北繼續給婿婆帶。

講到懷弟弟，阿美說：「李道寬知道之後還唸你爸，說你太太身體不好，你還讓她懷第二個……」阿美邊說邊笑，「他也是管很多。」

作者與弟弟。

小廖說生弟弟很快，像放屁一樣，很快就生出來。「弟弟頭小，很好生。生出來像小猴子一樣，很好玩。」小廖幫阿美坐月子，每日上班前先去七賢市場買菜，雞啊魚啊，「我叫徒弟們先做試片，我再去改色。」

海天那時的手工暗房，沖片與沖紙都已有機器代勞，唯一需要手工的，就是暗房裁紙與放大。從菱天到海天短短幾年間，彩色沖洗的設備也變化著。之前在菱天有自動沖片機，但沖紙仍需用桶子手工沖洗；而到了海天，已經有小型的沖紙機，可以洗二十吋的照片。

這時他們不知道，一套名叫QSS（Quick Service System）的彩色快速沖印系統，即將改變台灣沖印市場的生態。

QSS有兩台機器，自動沖片機，以及彩色照片自動沖印機，一台沖底片，一台洗照片。自動沖片機可全明室作業，只需抽出底片頭，黏貼於塑膠片上，將塑膠片送進沖片機就可以了，不用擔心底片曝光。而在這之前，傳統沖印時期的吊架型沖片機得在暗房作業，「那個機器就長長的一大台啊，兩人一組，摸黑夾底片，一次吊六支，有好幾排。」從前在菱天沖片組工作的阿月說。

吊架型沖片機，據說被形容成跟火車頭一樣大，我想像阿月和夥伴站在一台龐大的機器前，撬開底片殼，拉出整條底片，對折，上吊夾。一卷底片有三十六張，拉出來很長很長，被夾住的底片順著機器滾軸上下浸泡藥水。「沖片不能有手汗，動作要快。」「生意很好，機器一直跑，我們就一直夾，機器一直跑，我們就一直夾。」「暗房瀰漫著藥水味，但聞久也就習慣了。」當時才二十多歲的阿月，整個白天都在一間碩大的暗房裡。

當時的大型沖印廠，不論是新中美的菱天，或是愛克發的天然彩色，都有這樣的沖片組。而當日本進口的QSS進入市場，就不需要專人在暗房裡夾底片了。此後，沖片幾乎沒有技術門檻，連我都會，讀高中時去爸媽開的沖印店幫忙，第一件被交代的事就是沖片，唯一得留意的是——將底片頭抽出黏貼於塑膠片上時，要用尺反覆在膠帶上壓實推平，確保黏得夠緊，以防底片在沖片過程中脫落，萬一死在沖片機裡就糟了。底片沖壞，很難賠。

QSS另外一台機器，是彩色照片自動沖印機，結合放大、沖紙、烘乾、裁切等功能。從前阿美打的那台自動放大機，只能單純放大，完成後得將相紙裝進不透光的牛皮紙袋中，拖去沖紙組，沖紙組再將相紙送入沖紙機。現在這些步驟全部結合在這台自動沖印機，還包括烘乾跟裁切。這些工作從前分成好幾個部門，需要一棟樓才能處理，現在只需要一間店面，一套機器就可以運作。

此後，人們印象中的彩色快速沖印店，如雨後春筍般一間一間冒出。李鳴鵰旗下的新中美開設了「三上彩色快速沖印」，有兩百多家。永準貿易代理的柯尼卡，有八百五十家。此時富士也加入戰局，由原本大型沖印廠轉為連鎖沖印門市，成立了近千家連鎖店。柯達稍晚，於一九八六年加入沖印市場，因為無需加盟或保證金，加盟店高達九百二十多家。實際數據視年代有增有減，但整體來說全盛時期全台有三千多家，那時的沖印店比7-11還多，7-11在一九九四年，才首度突破一千家。[33]

快速沖印機進入市場後，洗照片就不用再等上三四五六七八天了。傳統沖印年代必須集中底片到工廠沖洗，快速沖印不用，門市就有機器，客人拿到相片後還可以直接畫加洗。加洗，幾乎是拿到照片最開心的事，看著一張一張照片，想著哪張照片要多洗幾張，要不要放大，而櫃台人員也可以當場幫客人註記照片的沖印資訊，加洗出來的顏色就會跟原本一模一樣。

那時才知道，每張照片的背面都有密碼。

我想起阿美幫客人畫加洗，會先把照片翻到背面，然後在底片畫上加一減一，或是寫個N。小時候常看，卻不知道那在做什麼，原來阿美在註記曝光濃度和濾鏡資訊。相紙背面不只承載了沖印資訊，還有著淡淡的廠牌浮水印，柯達印著 Kodak，富士印著 Fuji，哪張照片是用哪家相紙、怎麼沖洗，資訊清清楚楚。

富士的綠色招牌、柯達的黃色招牌、柯尼卡的藍色招牌，以及藍天白雲的三上彩色招牌，錯落在大街小巷。但這台改變沖印生態的快速沖印機究竟是何時進到台灣？誰又是台灣第一家彩色沖印店呢？

道寬阿伯說，最早就是日本的諾日士啊，一九八〇年，透過新中美代理。但我在網路上又看到另一則資訊：一九七九年，永準貿易股份有限公司成立，總代理日本櫻花軟片，並引進台灣第一台彩色相片沖印機。[34]一九七九年是比一九八〇早，但資訊只有這一句，要如何確認真實？而我原本以為快速沖印機只有諾日士這個牌子，訪問藝虹第五任老闆周宏達時，周老闆提到了Copal。

「還有Copal啊。永準代理的。」周老闆說。

永準，我聽到了關鍵字，而Copal是第一次聽到。周老闆說快速機還沒出現前，諾日士主要是做自動沖片機跟自動沖紙機，Copal是做自動放大機，「Copal的光學很強。」本來是各有所長，各有各的市場，「後來兩家都投入快速沖印機的生產，但哪一家比較早我就不確定了。」

搜尋高雄第一家快速沖印店時，查到「華大快速沖印」的報導——

> 民國六十八年引進全高雄市第一台彩色快速沖印機，一小時沖印量多達一千五百張，雖然效率及彩度奇佳，但沖印機售價也令人咋舌，要價新台幣四百五十萬元，當時，這個價位足以在高雄市區購買兩棟透天店面。[35]

民國六十八年，也就是一九七九年，這不就跟那筆提到永準的網路資訊相同？我做了個推測——報導中所提到「民國六十八年引進全高雄市第一台彩色快速沖印機」，會不會就是永準代理的Copal？

運氣很好，某回訪問攝影家陳春祿時，他提到了Copal，也知道永準，因此聯繫上永準前董事長黃華亭。推測獲得證實，華大的彩色快速沖印機就是永準代理的Copal。

高雄的華大是目前已知的最早，但許多人都說台北的「銀箭」是第一家。訪問銀箭老闆王懷寧時，他說銀箭是第一家將快速沖印機與門市結合，並打出四十分鐘快速交件的店家。

我向王懷寧提到華大。

「華大我知道，那是以前柯達的客戶，我跑業務時會去拜訪。」王懷寧說。

王懷寧在開銀箭之前，是柯達信用部的業務，負責收款，與各地的照相館多有聯繫。「華大是大的沖印店，當時他們確實有進快速機，我下去的時候有看到，但他們沒有強調門市功能。他們進那個機器，主要是用來做加洗。」王懷寧說，從前傳統的沖印機，打相片前要把底片都黏在一起，一整卷下去打，若臨時要處理加洗，很麻煩。但快速沖印機出來後，可以隨送隨打，非常方便，「他們快速機是用來加快處理照片的速度。」

「那時看到這個機器，我就想，如果我有一個店面，跟這個機器結合在一起，打出四十分鐘快速交件，一定可以吸引很多客人進來。」

那天，我們約在銀箭彩色在忠孝東路的旗艦店，王懷寧說著四十分鐘快速交件是怎麼來的：「沖底片的時間，大概十五分鐘，沖相紙的時間，大概十分鐘，兩個加起來不到三十分鐘。加上整理照片的作業時間，這個機器上面寫的是四十五分鐘，但我那時覺得四十比較合適，我就標榜四十分鐘快速沖印。」

王懷寧想到將快速機與店面結合，我才意識到一般民眾平常沒有機會看到洗照片的機器，早期相館與沖印公司是分開的，而後來快速機體型小，店面就可以放，不僅不用再像從前一樣轉件，民眾還可以直接看到照片被機器吐出來的畫面。我想起小時候，媽媽坐在彩色沖印機前打相片，過沒多久這台機器的尾巴就吐出一條照片，我看著照片的這戶人家去這裡玩，去那裡玩，目不轉睛地看著。

不過，王懷寧購入的快速機不是永準代理的 Copal，而是新中美代理的諾日士。拜訪王懷寧前，我就聽道寬阿伯說，銀箭的快速機是跟新中美買的。我向王懷寧提起，他說，「李道寬是你伯父啊，那是老朋友了。」

若對照諾日士與 Copal 的價錢，三百六十萬與四百五十萬，差了快一百萬，不曉得這是否是諾日士後來市占率較高的原因？但一台機器三百六十萬，也差不多是當時台北一棟透天厝的價錢了。王懷寧找了三個表兄弟一起投資，「我們第一家就開在忠孝東路的轉角這裡，現在店面租給人家做珠寶店。」

機器雖然貴，但當時洗照片實在太賺錢了，「以前有客人一次拿三十卷底片來洗，希望我們可以給點折扣，突然又有一個客人拿了五十卷進來，一塊錢都不講，只要求快，那個拿三十卷的就乖乖閉嘴了。」洗照片像印鈔機，從前我聽小廖這麼說，現在又聽王懷寧這麼說。

「我們開在哪裡，其他的沖印店就圍著我們，拚命開。」王懷寧說，像柯達本來不做沖印，主要是賣軟片相紙等耗材，後來也開起了快速沖印店，「但剛開

廖名雁於諾日士快速沖印機展示會，現場展示 Noritsu QSS 快速彩色沖印機。（李道真提供）

始不是叫柯達，叫伊士曼，伊士曼快速沖印。」我有印象，伊士曼，招牌黃色的。「但我覺得那不是很聰明的作法，會叫伊士曼，是因為伊士曼‧柯達（Eastman Koda）是創辦人的名字。可是柯達這個名字比較有名，叫伊士曼的話，大家不知道，打不出知名度，所以後來就叫柯達。」

相較於其他沖印系統多是連鎖或加盟，銀箭開的全是直營店。一九八〇年開了第一家之後，五年內在台北又開了二十家，並買下忠孝東路四段兩間店面，那時的王懷寧才二十七歲。

可當時的小廖，並不知道這樣的「錢景」。

「抓得住我」的軟片們

說到軟片廣告，大家印象最深刻的可能是柯尼卡——「它抓得住我」。「人為什麼要拍照？活得好好的，為什麼要拍照？為了回味，回什麼味？回自己的味……」廣告中的李立群，劈里啪啦口若懸河嘰哩呱啦，短短三十秒一氣呵成，這是柯尼卡的軟片廣告，最後那句「它抓得住我」更是深植人心。但很有趣，有些人記得這句廣告詞，記得李立群，卻忘了那家軟片的牌子是柯尼卡。

在臉書上做了小調查，李立群「它抓得住我」是人們最記得的廣告，但大家最常用的軟片卻是富士和柯達。富士與柯達的知名度確實比柯尼卡大。美國的柯達不用說，幾乎是底片的代名詞，而富士是日本彩色沖印的龍頭，但柯尼卡軟片的歷史其實比富士還要久。柯尼卡的前身是櫻花，一九五七年，小西六寫真工業開發負片成功，櫻花彩色負片上市，富士才跟進開發彩色負片，但後來富士發展得比櫻花來得快也來得大。一九八七年，小西六才改名為柯尼卡。

大家較常用的是柯達和富士，但柯尼卡在台灣還是有高知名度。黃色是柯達，綠色是富士，藍色是柯尼卡，人們有著這樣的印象。那麼新中美所代理的三菱呢？坦白說，許多人都不知道三菱有軟片，是紅色的。道寬阿伯說，三菱是請櫻花代工，這個一般人不知道，但業界都知道。我很好奇三菱用起來跟柯尼卡一樣嗎？

有個德國牌子的軟片叫愛克發。小時候聽小廖說到愛克發，「愛克發不好，會褪色。」以前在一般門市很少看到愛克發，但後來聽一些玩攝影的朋友說喜歡愛克發，愛它獨特的色調，飽和紅色與強烈對比，日本攝影師蜷川實花就是愛克發的愛好者。我不負責任的猜測，小廖和李道寬對愛克發沒有好話，會是因為從前愛克發系統的天然沖印是菱天的對手嗎？

對了，愛克發的包裝也是紅色的。

各品牌軟片。左起：柯達、富士、柯尼卡、愛克發。

8 小廖種菇

到底為什麼想再闖一次？小廖說，他吃這途到現在，也沒賺到什麼錢，想說換一條路看看。「早知道，就算沒錢也要借錢入股。有能力自己開一間更好。」這都是馬後炮。其實早在小廖去種菇前，李道寬在屏東開了一家彩色沖印店，海天組長級的主管都可以投資，他特地留了一股要給小廖。結果小廖決定跟他當兵同梯的朋友阿俊，一起去台南種菇。

「他表哥出技術，我跟阿俊出錢，阿俊出兩百，我出二十，賺錢的話三人平分。」兩百，指的是兩百萬，二十是二十萬。

小廖說阿俊邀他，他就跟去了，「因為是很麻吉的朋友。」小廖沒先去看過，沒看過地沒看過房，就直接去了。阿美當然跟著去，右手抱一個小的，左手牽一個大的，從高雄搭著公車搖搖晃晃去到台南歸仁鄉媽廟。牽著的大的是我，還不滿四歲，第一次跟自己的爸媽生活。在這之前，我在台北讓婦婆帶。阿美說，我都叫婦婆媽媽。

「你小時候很兇，」阿美說，「一生氣就摔門，大概是婦婆把你寵壞了，年紀還那麼小，就會ㄆㄧㄤ的摔門，不知道是誰教的。」「那邊超多蒼蠅、壁虎啊，你可能不高興吧，又很小不會講，就生氣啊。」阿美說。

台南媽廟，已經是我人生有明確記憶的時候，不再是看相片或聽人說，雖然不到四歲，但畫面已深刻地烙在腦海裡。阿美說的是真的，我摔門，我還記得摔門的聲音，我躲在黑黑的房間哭，想著這輩子都不要出去。這輩子，小孩哪有什麼這輩子的詞彙？可是記憶中的自己，氣到不願意開門，在房間摔東西，最後縮在角落。不知道過了多久，肚子越來越餓，天越來越黑，我聽著兩個大人在外頭走動的聲音，講話的聲音。記憶只到這裡，印象只到這裡，沒有前面後面。

我說，我可能在想為什麼要跟這兩個人來這裡吧。

「帶你們去菇廠，在外邊走的時候，看到菇啊、羊啊，會開心。帶回家就不開心。」「你弟很可憐，都沒有牛奶可以喝。那時候沒錢買奶粉啊，一半要兌米麩。」

「還好大舅舅送一箱奶粉來，他親自帶一箱奶粉來。」

阿美問，大舅不是用寄的，是親自帶來喔？小廖說，阿仁親自帶來，他開車來。「我不記得了，我以為他是用寄的過來。」阿美停了一會，又繼續說，你嬸婆來看你，在那邊唸，放我這邊就好，幹嘛帶來這裡，「小孩帶來這裡是要怎麼過……」「阿美怎麼變這樣，這麼可憐這樣……」

住的是破破舊舊的樓，跟阿俊分租，我們住二樓，阿俊和他女友住三樓。只有一樓有廁所，大家共用。二樓就一個小小的空間，沒有隔間，睡跟吃都在一起，弄桶瓦斯，簡單的爐架，可以煮飯這樣。

我將阿美說的寫下來，一邊寫一邊想，這樣很可憐嗎？

我想那個可憐，不是物質上的可憐，而是阿美不想要，不喜歡。不喜歡住在很多蒼蠅的地方，不喜歡壁虎，不喜歡壁虎大便，不喜歡很多蟲，不喜歡泥濘，不喜歡雞屎味，不喜歡洗澡不方便，這些阿美都不喜歡。「不是那種舒服的鄉下。」阿美不只一次這樣跟我說。

不是自己想要的生活，怎麼樣都是苦。不只是物質生活上的苦。

那小孩喜歡嗎？我記不得了。雖然阿美說我常常生氣，我卻沒有不高興的記憶，有的是跟兩個大人的嘔氣。以及某天有人跟我說，雞是兩隻腳喔，我想真的嗎？雞不是跟狗、跟羊一樣四隻腳嗎？我走到屋外有人養雞的地方，發現雞真的只有兩隻腳。每天看雞，為什麼雞是兩隻腳我不知道？那可能是我這輩子第一個有記憶的發現。

那麼弟弟呢？那時弟弟還沒辦法跟我聊天，他只會在地上爬啊爬，從一樓爬到四樓天台。天台在曬木耳。

「弟弟那時候會自己爬到四樓耶！」「真不知道他是怎麼上去的？」「他會往上爬，但不會下來。每次都咕嚕咕嚕滾下來。」

阿美，我和弟弟，我們都是跟著小廖去的。那麼小廖呢？小廖喜歡那段台南媽廟的日子嗎？他覺得辛苦嗎？小廖可能不覺得。他應該是盤算著能賺一筆。

結果，種菇半年二十萬就燒光了，「遇到九三水災，淹了四成。什麼都沒了。」

「要先買菌種，買很多木屑啊。卡車載來，木屑攪一攪，給它有養分。」給它有養分？什麼意思？「好像是加麥芽糖吧？加一種東西進去，我不清楚，那個阿俊表哥知道。有一種小機器，木屑自動填太空包，填好後，再拿去蒸。蒸氣室殺菌，殺菌完插菌種。已經先租了四分地，建要蒸太空包的鐵皮屋，那個鐵皮屋喔，很高，很高。弄一個木造的蒸氣室，先進木屑，倒得跟小山一樣，這些都要現金。二十四寮要擺太空包的茅屋，用竹竿架，一寮可以排八層，最頂端鋪帆布或塑膠布，再蓋茅草，架設水管。每一茅都要有分水管。那時候我灑水，光是灑水就要花兩個小時。」

小廖說的比我想像中細，前後順序雖然有點跳躍，但可以聽懂。我問，那你們種什麼菇？大概多久收成？

「鮑魚菇啊，木耳、金耳……」「大概三、四個月吧？我不是專家，有點忘了……」「每天工作時間是八點到十二點，下午一點到四點。」這些工作都你一個人做？「有打工的阿姨，印象中半天算一百的樣子。」「但是我半夜還要騎車去夜市送貨，烏漆墨黑的就要開始騎……」

工時不短，足足八小時，還要送貨。我問，那阿俊跟他表哥都在幹嘛？「阿俊主要是出錢。他出錢，我出力嘛！他表哥，他表哥教完就不管事了。他表哥喔，做人不是很實在，木耳熟了，偷我們的木耳去賣。也沒有腦筋，二十二寮拿去種鮑魚菇，兩寮種木耳，那種可以乾燥存放的種那麼少，最後都害了了。」

小廖對阿俊的表哥抱怨不少，倒是很挺阿俊。一九八一年遇到九三水災，他也沒多大怨言，歸給天意，「水災沒辦法啊，八層淹四層，就一半了啊，我沒辦法繼續做下去了，就回去吃老本行。」

我翻看照片，有我們一家四口跟羊的照片，另一張是我跟弟弟。我看著這張從小看到大的照片，但是這次，我看見以前沒看到的。

「後面這排茅屋，就是你說的菇寮嗎？」小廖接過照片，說對呀，是菇寮啊。之前問有沒有菇寮的照片，但小廖說沒有，都沒有拍。沒想到就藏在我跟弟弟的合照裡。

小廖說問照片要幹嘛？「這個也要寫啊？這跟沖印沒關係啊？」

作者與爸媽、弟弟還有羊，攝於台南媽廟。

作者和弟弟，背景的茅草屋是菇寮。

9 小廖繞了一圈後回台灣

工寮淹水後，李道寬找小廖和阿美回來。

「李道寬二話不說，叫我跟媽媽回來。」但阿美得帶兩個孩子，只有小廖回去上班。「李道寬真的是對我們很好。」小廖又講一次。我說你講過了啦。「我講過囉？」「嗯，你講了又講。可見道寬阿伯對你有多好。」

一九八一年，原本專做收件的海天將一樓改成門市，購入彩色快速沖印機。此時新中美系統的快速沖印門市也大幅增加，台北就有十二家，另外在基隆、桃園、中壢、新竹、台中、台南、高雄、屏東，也都有直營或加盟。快速沖印機進入市場才一年，李鳴鵰旗下的沖印門市已擴增到二十四家，李道寬也在台中開了兩家。

小廖剛好趕上新機上路，各地加盟店都需要技術人員協助新機設定，李道寬便派小廖出差支援。當時小廖月薪一萬五，出差加給，直接 Double 就是三萬，而該年每人平均所得一〇四三一八元，月所得約八六九三元。聽著小廖說的薪水數字，心想這份薪水應該不難過日子，不只不難過，還能讓很會存錢的阿美存錢，但若跟那時盛況空前的沖印店生意相比，當然是不能比。

其中一家，台中的「上好」，李道寬的沖印店，一天至少一萬張照片，一張賺一塊就好，光是洗照片，一天淨賺一萬，這是小廖說的。而就李道寬說，一張照片成本不到一塊，一張三乘五照片三塊半，一張照片就賺兩塊。

「沖片一天大概兩百多卷，算兩百五十卷好了，一卷賺二十，一天就淨賺五千。」小廖說，這還沒算賣軟片和拍照。一天淨賺至少兩萬，一個月下來少說六十萬。「這樣一家店要請多少人？」我問。小廖一邊想一邊算，「門市接待跟沖片一個，剪底片出照片一個，放相一個，分早晚班，這樣六個人。再加上一個業務負責收件送件，一間店至少七個人。」

我想像現場工作的忙碌。站櫃檯收件，客人不斷進來，有人洗底片，有人加洗。詢問基本資料，記錄底片廠牌與型號，撕下收執聯給客人。開燈畫加洗，確認加洗的尺寸與張數。算錢，要記得先算錢。也有來買軟片的，裝底片的，不會裝的要幫忙裝。要取件的，按著單號找件給他。客人一下子進來五六七八個，像是自來水一樣。這還只是櫃台工作，還沒說內場，打照片的人一直打，沖片的一直沖。剪底片、整理照片、品管、分件，兩隻手沒有時間停下。

彩色快速沖印店的生意好到不像話，小廖也看在眼裡。後來，當李道寬在屏東開的沖印店有人要退股，小廖馬上把握機會，「投資三十萬，賺一百萬。我們家的頭期款就是這樣來的。」阿美一聽馬上回：「你喇低賽啦，是有賺一點，沒有一百萬那麼多啦！」

我一邊打字一邊偷笑。

「是拿來付了一些頭期款，但貸款也貸了一百萬。那時候利率10%耶，高得嚇死人。」怎麼會選在這種時候買房子？阿美說李道寬後來不管事了，新任經理下來，公司不再替員工租房子，「媽媽就考慮自己買房。」

阿美的個性務實，買房要花錢，租房也要花錢，同樣都是花錢，倘若每個月要付的房貸勉強撐得起來，買房還比租房划算，「畢竟有兩個小孩。」阿美開始看房子。說是看房子，但預算有限選擇也有限，最後選定原本租處附近新建大樓的五樓，「已經賣到剩沒幾間，就便宜賣，這間又是樣品屋，搬進來就可以住了。」

民國七十四年，一九八五年，那還是個認真賺錢存錢，就買得起房子的年代。我還記得第一次踏進新家的景象。其實在新家完工前，我就有記憶了。新家距離舊家租屋處不到一百公尺，大樓還架著施工圍籬，還讀幼稚園的我經常經過。大樓外牆是紅磚，小尺寸的長方形紅磚，我和朋友撿拾工地的碎石磚。我喜歡石磚握在手中，沉甸甸的厚實感；我喜歡把水細細滴在石磚上，看著水浸潤表面又蒸發。我記得那石磚，卻忘了和我一起的朋友是誰。

沒記錯的話，搬進新家是小學一年級。搬家前，阿美帶著我跟弟弟來看，「這是你們以後的房間。」一垂直上下鋪，連接兩端的梯子，大大的對外窗，很亮。第一印象是很亮。從前租處的公寓很暗，長長的，只有面對馬路的房間有對外窗，那是我們一家四口睡覺的房間，也是我跟弟弟主要活動的空間。晚上上廁所得經過長長的走廊走到尾巴，我都用跑的。

新家這麼亮，我覺得很棒。上下鋪竟然還有玩偶。正式搬進來後，玩偶不見了。我問媽媽之前不是有玩偶嗎？媽媽說那是樣品屋擺給人家看的。我還以為樣品屋中所有東西都是我們的。

搬家那天，我和弟弟各自拿著自己小小的包包，裝些什麼不記得了。搬家東西很少，除了行李，只有一個折疊式的、平常是方形打開是圓形的餐桌，以及藤編座椅。現在的我超愛藤編椅，但小時候覺得家裡客廳擺沙發才棒。

一百萬，貸款二十年，阿美五年就還完了，從我小一到小五，不知道阿美是怎麼存錢的。一百萬，一年不含利息得還二十萬，一個月至少要存一萬六。那時只有小廖一份薪水，雖然出差加給有三萬，但也不是常態。就算三萬好了，三萬扣掉一萬六，一家四口一個月只剩一萬四可用。

那個時候，阿美還讓我學鋼琴。

「你有學過鋼琴你知道嗎？」小廖問。「我知道喔。」這是什麼問題，學鋼琴的人是我，好歹也彈了一年多，拜爾上下冊彈完要彈徹爾尼了。但小廖的問題讓我想起還未搬進新家前，租屋公寓的一樓是山葉鋼琴，我會趁店家還沒開門前，下樓偷偷彈琴。說是彈琴，但只是亂按琴鍵，那時我根本不會彈啊。可這段記憶是真的嗎？確定的是搬了新家後，阿美問我想不想學琴，我說想。「想學就要好好學喔。」阿美說。

家裡因此多了一台直立式鋼琴。究竟是從哪裡生出來的錢呢？

一九八七年，小廖三十八歲，跟著李道寬去到中美洲加勒比海的多明尼加開彩色沖印店。

每次說起多明尼加，小廖就會拿出那時的照片：「這個照片三十年了還不褪色。你知道為什麼嗎？」我說知道，你們買純水來泡藥水嘛。「你知道喔？我有講過喔？」有喔，你講過好多次。

以前聽小廖說，都覺得他在唬爛，用純水泡藥水顏色會特別鮮豔持久，這是他自己猜的吧？後來在李鳴鵰辨的《台灣影藝月刊》裡讀到秦凱寫的〈談水與攝影〉，講自來水中化學物質對顯影的影響。秦凱說，泡藥水最好是用純水。喔，原來小廖不是在唬爛。不是唬爛，但小廖知道原因嗎？我問小廖，為什麼純水泡藥水照片不容易褪色？小廖盯著我看了幾秒後說，就是這樣啊。

我看著照片，鮮豔是鮮豔，但同時間我和弟弟在台灣的照片，顏色似乎也沒褪多少。雖然純水泡藥水不易褪色有理論基礎，但差異也沒大到肉眼可明顯辨識。我忍不住想，真是因為純水的緣故？或是那段回憶在小廖心中異常鮮豔？

「在多明尼加我們都會騎馬，騎馬去海邊。我一上馬，兩腿一夾，駕！在沙灘上奔馳。有沒有看過老爸那張照片，在沙灘騎馬那張，很帥喔！」小廖繼續說，繼續翻著相片，一邊烙西班牙文：「Gracias，謝謝。De nada，不客氣。」

對於小廖這段異常鮮豔的回憶，我有種矛盾的心情。小廖要出國時，我小學三年級了，那時的我已經看懂很多也想很多了。這是小廖第幾次出去闖了呢？第一次是高雄洋洋，第二次是羅東洋洋，第三次是台南種菇，第四次是去到多明尼加。雖然做的是老本行，還是跟著堂哥老闆一起去，「可是那麼遠，總是不放心。」阿美有著隱約的不安。

「知道你爸想去多明尼加，我先去找李道寬，請他安排我回去上班。」從台南回高雄後，阿美在家帶兩個小孩，約是從我大班到小三。之前搞不清楚阿美在家煮飯帶小孩究竟有多久，這樣算一算，原來有四年啊。離開職場四年，突然要回去也是忐忑，阿美說，「門市小姐都二十多歲，我已經三十好幾了。」但還好阿美有技術在身，打相片又快又好。那時李鳴鵰旗下沖印門市已發展成三上連鎖系統，李道寬讓阿美去到高雄的中正店上班。

阿美要帶兩個小孩，李道寬都安排她上早班。「但後來主管換人，我也要跟著一起輪晚班。」阿美輪晚班，我放學後就常常跑出去玩，玩到阿美十點下班，趁阿美回到家前趕快回來。那段日子，當小孩的我是玩得挺開心的，但阿美應該是辛苦撐著吧。小廖一去就兩年多，那時的阿美就像現在人們口中的偽單親；兩個小孩，一個小三，一個小一。小三的我還不用擔心，已經在校讀整天，只有週三是半天；小一的就比較傷腦筋了，讀半天，剩下的半天只好送去安親班，等我放學再去帶弟弟回來。

兩年多後小廖回來，看著已經五年級的我說：「看你小時候，我以為你會長高，結果看起來好像不會長高啊？」

後來我問道寬阿伯，怎麼會想到去多明尼加開店？道寬阿伯說，「有朋友在多明尼加，我剛好要去美國，就經過去看看。」

經過去看看，其實是想看看在多明尼加做沖印做不做得起來。一九八七年，台灣跟多明尼加還有邦交，相較台灣，多明尼加是開發中國家，台灣的廢輪胎賣到那邊還很好用，二手沖印機賣過去也有很好的價錢，但如果要去那邊開店，還是得實際了解當地的生意。

李道寬到了多明尼加，裝作觀光客拿底片去洗，「九點多店家剛開門時拿一卷去洗，下午關門前再拿一卷底片過去，取件時看貼紙編號，就可以知道一天多少卷。」

這方法好聰明。從前在店裡幫爸媽沖片時也是這樣貼號碼條，但沒想過可以從號碼條看出一天的沖片量。「我看他們洗出來的照片，藥水壞掉都不知道。照片價格又很好。」

這就是生意人的頭腦嗎？不只懂得洗照片，先了解當地的沖印店生意如何，沖印品質如何，市場價格如何，再決定要不要投入。當時台灣的彩色沖印正值成長期，一張三乘五相片拚到三塊半，而多明尼加的沖印業才剛開始。

「那邊洗一張三乘五要十塊。你想想一張成本才多少？」

多明尼加有一種騎著摩托車，幫人家拍照的，叫 Pulo，「結婚拍照，死人拍照，都找 Pulo。」道寬阿伯說，「我一開店就請附近所有的 Pulo 吃 Buffet。哈，店才一開張，我的量就飛起來。」

這種騎著摩托車幫人拍照的 Pulo，我第一次聽說。小廖說因為相機在那邊還不普及啊，就有人拿著相機跟簡便器材，去幫大家拍照，「什麼都拍，這種我們叫小老闆啦。他們就用一般的傻瓜相機，裝一卷底片，去幫很多人家拍。」沖出來後在底片上做記號，這戶人家要洗三乘五，那戶人家要洗四乘六，第幾格到第幾格要放大……」沒想過這樣的拍照方式。我想起張才說的，台灣早期拍照都是攝影師在街上攬客，而小廖口中的多明尼加，彷彿四十年前的台灣。

「那些小老闆都來我們這邊洗，每天七點開店，就二十幾個人在外面排隊。門一開，九個門市小姐在U字形櫃台站好，兩台沖片機，一天沖三百多支。」

「那附近本來有三家沖印店，結果我們台灣人去開，生意最好。」

台灣人的生意那麼好，當地店家不會討厭你們嗎？小廖說不會啊，當地店家也是有生意做，只是我們的生意更好一點。「不過還是要懂得看狀況，像我們就不能拍照，要是在店裡拍照就是搶了當地小老闆的生意，這樣就沒有人要拿相片來洗了。」小廖說，「有一個台灣人去那邊開店，還拍照，搶小老闆的生意。那個人不懂啊，怎麼死的都不知道。」

「我們很上道，知道在這邊做生意要靠小老闆。這些小老闆喔，一早就來排隊等洗相片，送件後也不走，大家就留在那邊等相片，拎著手提音響一邊放音樂一邊跳舞，一堆人擠在一起，大家都認識啊，叫他們回家等他們不要耶，好像沒事做一樣。還有人到店裡賣咖啡。」小廖嘴裡像是抱怨，但聲音聽來開心。

多明尼加講西班牙語，小廖帶著一本西漢簡易會話，就去了，「ste、這個，que、那個。」小廖自學，他說先學這個那個，去到那裡就可以問這個怎麼講，那個怎麼講。接著學顏色、學加減怎麼講，「我們要教小姐調顏色。」

去到多明尼加，小廖多了一個老師，叫塔尼。塔尼是公司長工。

「塔尼教我們西班牙語。西班牙語一樣是ABCD，但發音跟英文不一樣。我們都叫他教授，他很開心。」

你們還有長工？有啊，塔尼很高很壯，二十公升的柴油輕輕鬆鬆扛在肩上。

「每次停電，長工就會去開發電機。不過發電機轟轟轟的很吵啊。」小廖說多明尼加一天停電三次。「真的假的？不是誇飾法？」「真的一天停三次啊。」

「那照片洗一半怎麼辦？」「所以要有發電機啊。」

提起多明尼加，小廖總是歡樂。

「我們在多明尼加的店叫 Arcoíris，彩虹。地址是 MAYA601。」已經是三十多年前的事，但小廖說起仿如昨日，「去到機場叫計程車，說 MAYA601，車子直直開就到了。」

小廖於多明尼加別墅住處。

小廖於多明尼加海灘騎馬。

小相本的祕密

請問一九八〇年以前出生的朋友，你五歲以前的照片有多少？（憑印象作答即可）

我在臉書上做了小調查，想知道跟我年齡相仿的朋友，小時候的相片有多少。我想知道彩色快速沖印機出現後，每個人小時候的照片是否如我猜測的變多。

一九八〇之前出生的，有三十五位臉友留言，幾乎都是一本小相本、十張左右，或兩到三張。其中兩位臉友只有一張照片，「小時候當花童的」「光著屁股趴著的」。另有兩位朋友表示一張照片也沒有。但也有十則留言，表示有一大本相簿，原因多半是「有個愛拍照的爸爸」。有個一九六五年次的朋友，他五歲以前有兩大本相簿。依朋友的年代，兩本大相簿算是很多，「而且你小時候的照片應該都是黑白的吧？」朋友說對，都是黑白，「我爸是世新編採科畢業，喜歡拍照，最初他還自己洗照片。」

家裡相片的數量，似乎也透露了不同家庭生活型態。有個一九七八年次的朋友說，他家沒有個人相簿，全家人的照片合成一本，「我小時候的獨照只有幾張，大部分都是我姊還有表哥表弟的合照。」「對一個新莊五口勞工家庭來說，窮人家的邏輯就是一張照片要照很多人才划算，畢竟底片跟沖洗還是貴。」拍照多半都是過生日、親戚來訪、出去遊玩。原先猜想，快速沖印機還未出現之前，家庭照片可能不會太多，後來發現照片多寡可能不只跟經濟條件有關，更是文化資本——家裡若有個會使用單眼相機且喜歡拍照的長輩，拍照不只是生日或家族紀念，而是一種生活記錄；而對沒有文化資本的家庭來說，拍照是一種奢侈。

但一九八〇年快速沖印機進入市場，連鎖沖印門市林立，沖洗一卷三十六張照片的軟片，不用兩百元，還附贈小相本，滿額加送五乘七放大券。一九八二年傻瓜相機出現，不用懂光圈快門焦距，只要喀嚓一下就OK，可說是家家有傻瓜，人人會拍照。這時拍照幾乎沒有經濟與文化資本的門檻，只要想拍，每個家庭都可以擁有超多照片。

在這則小調查中，有了個意外的收穫。一位臉友貼出家裡的小相本，我一看好懷念，那是從前去沖印店，只要沖一卷底片，店家就會送的那種三乘五小相本。店家會在相本打上自家廠牌與Logo，像是富士、柯達、柯尼卡，而我在朋友的相本看到了「三上」。

三上彩色，李鳴鵰旗下的沖印連鎖門市，Logo是藍白色的，形狀像是藍天白雲，藍色線條是「3」的形狀。小廖去多明尼加時，阿美就是在三上上班，阿美在三上上班了好多年，我們家卻連一本三上的小相本也沒有。

「小相本一本一本的，很難收納。」阿美把家中小相本裡的相片，全都整理到大相簿去了。而現在我看著朋友貼出來的小相本，上頭印著各家店名與Logo，從前丟掉不覺得可惜，現在卻很懷念。朋友的相本透露了有趣的線索——「王子」是屏東老字號的相館；「華大」是第一間購入彩色快速沖印機的店家，後來開了許多分店；柯尼卡是沖印連鎖店，全盛時期多達八百五十家。而三上，我看著三上藍色相本，上頭印著Logo，右下角有彩虹符號，背面印著三菱軟片的廣告。

後來發現更有趣的。

我仔細端詳那本三上彩色相本，發現地址位在屏東，想起爸媽從前曾經投資過的沖印店，「不會那麼巧就是道寬阿伯開的那間吧？」相本的背面，印著「上捷」，我記住這個名字，訊息詢問道寬阿伯。叮咚，還真的是。這家我從小就聽說，爸媽因為投資它而賺到房子部分頭期款的沖印店，竟然以這樣的形式出現在眼前。

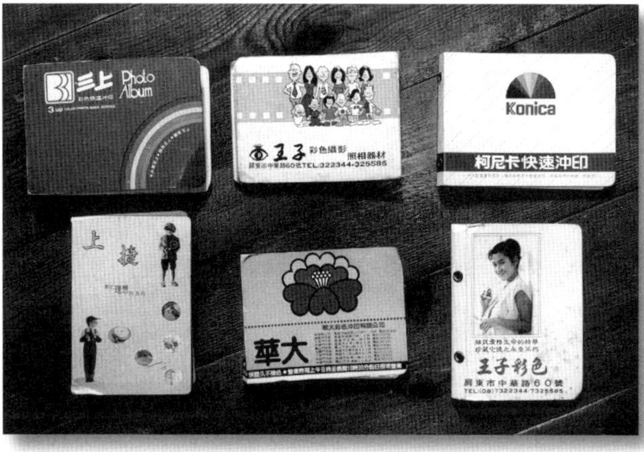

彩色快速沖印店所附贈的三乘五小相本。（陳心怡提供）

三上彩色附贈的小相本（左）。「上捷」為李道寬於屏東開設的彩色沖印店。（陳心怡提供）

10 小廖阿美終於開了自己的店

「藝術的藝，彩虹的虹。」每回跟同學說起我們家沖印店的名字，我都這樣介紹。我喜歡這個名字，但這名字不是小廖阿美取的。

小廖從多明尼加回來後，沒再回到三上，而是去另一家彩色沖印店做手工師傅。兩夫妻各自在不同的沖印店上班，從我十一歲，一直到十七歲。

我讀高一時，阿美和小廖終於又存了一筆錢，頂下高雄師大對面的沖印店，成為藝虹彩色的第三任老闆。

「以前海天的同事小沈，問我們要不要接藝虹。我知道那家店啊，生意不錯。但聽到的朋友都說，如果真的有賺錢，誰要讓給你？」小廖說起頂下藝虹的來由，「小沈就說，不然叫媽媽先去那邊上班，觀察一下店裡生意再做決定。」小沈，小廖阿美的前同事，藝虹彩色的第二任老闆。我後來才知道開快速沖印店的，許多是原本在沖印工廠上班的員工，很多夫妻檔，結了婚就一起開店，趕上沖印店的熱潮，「還有一對遠赴西班牙馬德里開沖印店，接受過台視專訪呢。」阿美說。

小沈因為事業上新的規畫，打算頂讓藝虹找人接手。而小廖跟阿美，終於在年過四十的年紀，開起了沖印店。面對這次創業，小廖和阿美變得小心，阿美先去藝虹上班，了解店裡的運作與經營，半年後覺得客源穩定地點也好，決定接手。

一九九四年，距離快速沖印機進到台灣市場，已十五年。藝虹第一任老闆是開在沖印業景氣最好的時候，到了第三任小廖和阿美，雖然不如一九八〇年代那樣像在印鈔票，但因為地點好，就在大學對面，藝虹這招牌也有十年以上的歷史，光是頂下這個招牌，就花了一百萬。

「頂下一個月後，又換新機器。」小廖說舊的沖印機不行了，一定要換，所以那一百萬，真的就是頂下老字號招牌跟原有的客源。「跟富士買新機器，一百八十萬，分期付款三年，一個月繳五萬，還要綁藥水跟相紙。」

前三年生意超好，每個月叫四十粒相紙。相紙是一整卷的，有點像滾筒衛生紙那樣，但小廖阿美都說一粒，這是他們那行的術語。「一粒紙可以洗一千七百五十張，一張大概賺一塊。」每年叫的紙啊藥水啊，如果超過簽約量，恆昶就會招待去旅遊。「我們每年都超過，就讓爺爺跟阿嬤出國去玩。爺爺去過義大利，阿嬤去日本。」爺爺和阿嬤過世後，就沒有長輩可以出去玩了，之後每年的兩個名額，小廖阿美就拜託恆昶業務幫忙賣掉。

「你們都沒有想說要出國走走喔？」我問。

「沒空啦，真的沒有空。」小廖和阿美擺擺手說。

沒空，真的都沒空，這我是知道的。從我十七歲開始，他們一年只休過年。除夕、大年初一和初二，小廖趁這三天回台北老家看阿嬤，但阿嬤過世後就少回去了。而阿美，雖然過年放三天，「但我閒著沒事就去開店，賣賣底片也好。」過年買底片的人多，有時早上一開店就有人進來買底片，小廖回台北前得不斷提醒阿美不准收件，不准開機，「等過完年再做，不准偷偷做。」

有時候想，不要說週休，月休就好，一個月休個一兩天就好，「每天在店裡洗照片看別人出去玩，都不會想說自己也休個假出去玩嗎？」我心裡這麼想著。但不用問也知道，他們會說沒辦法啊，機器的貸款還沒還完啊，「還好前三年有拚，有賺到一些錢，不然你大學念那麼久，只好叫你自己申請學貸。」

藝虹前三年，每天至少沖一百卷，平均一天賺八千。後來連鎖沖印店「唯美」進入市場，四乘六拚三塊，「好市多」也設有收件部，一張照片兩塊半，「那真的是有影響。」小廖說但老顧客重品質的，還是都給我們洗。二〇〇一年，唯美因周轉不靈倒閉，倒閉前以貴賓卡惡意吸金。唯美有家分店，就跟藝虹開在同一條路上，大大的紅色招牌，就那樣黯然落幕。

那時洗照片拚價，拍照也拚價，「有一次拍身分證，里長問一百五我要不要拍？我說不行，要拍三百。」有些人覺得拍照很好賺，喀嚓兩下就要三百，但這兩下是經驗功夫，拍完後要沖片修片還要洗，三百根本只能算是人工費。

一九九四到一九九六，這三年小廖阿美的每天，是怎麼過的呢？早上八點前，小廖先騎機車去收件，去固定的點繞一下，中華電信福利社啦，合作許久的小學啦，小學附幼、大學美術系、教官室，「有件收件，沒件聊天。」「做這行聯絡感情也很重要。」收件完小廖到店裡，先開機，暖機，將當天的件整理好，等阿美九點上班。阿美都走路上班，從住家到店家，路程約十五分鐘，這是阿美一天唯二走在外邊的時間，一是上班，二是下班。

早餐，他們早餐都吃什麼呢？我現在才好奇這件事。現在想來，從我小學三年級小廖去多明尼加，阿美回去上班開始，我們一家四口的早餐都是分開吃的，從小我跟弟弟就帶著零錢去早餐店，就這樣一路到高中。阿美跟小廖不知道我跟弟弟早餐吃什麼，我也不知道他們早餐吃什麼。

阿美到店裡後，開始打相片。前一天沒打完的相片繼續打，若有前一晚收的底片，就先沖片。接著兩人一同處理得一起進行的工作，一個段落後小廖就去外邊送件。每次小廖出去送件，店裡就阿美一個人，如果放相放到一半有客人進來，就要請客人等一下，或是客人要拍照的，也要請人家先等一下。阿美容易緊張，這時她就焦急著老爸怎麼還不趕快回來。我說阿美你不是也會拍嗎？阿美說你爸比較會拍啦。

小廖比較會拍，但也不是一開始就很會。孩子對父母工作的想像，好像有很多理所當然，小時候覺得爸媽既然在沖印店上班，理所當然會拍證件照吧，像電影中的拍照師傅那樣，啵一聲按下快門線，攝影棚的閃光一閃。但小廖其實一直都是手工沖洗師傅，拍證件照不是他的工作，直到開了藝虹，小廖才第一次拍證件照。

可小廖上手很快，吃這行飯這麼久，那幾乎是基本知識。確認證件照各式規定與尺寸後，只需熟悉相機、攝影棚閃光燈操作，相機與被攝者之間的距離，接著就是看好時機按下快門。這說難不難，說簡單也不簡單，從前拍證件照不比現在，數位可以拍好幾張讓客人選，而以前用底片，每格底片都是成本，最多兩張，啵啵兩下，那兩下一定要成功，總不能叫客人再回來重拍一次。

在這個可以預覽的年代，無法隨拍隨看似乎有種不確定感，但回想從前等證件照，那種拍完時不曉得會拍得怎樣，要等到照片洗出來才知道的期待感。

「後來我練到只要啵一聲，一張底片就OK。」小廖說。

我笑著說這麼有把握啊，想起李鳴鵰說，拍照是一種Chance，儘管是證件照，人坐在那兒定著不動，等著師傅按下快門。我回想小時候打開相機看內部構造，看到快門簾「喀！」被打開，「嚓！」後關起，第一次明白光就是這樣被放進來，影像就這樣留在底片上。師傅喊，好，笑一下，師傅能否抓住那個最自然的瞬間，按下快門。小廖比阿美更能抓住，所以阿美說，小廖比較會拍。

小廖的修片，也是在開藝虹之後才練的。

「修片啊，我以前在海天跑業務時，去『佳佳』推銷我們三菱的相紙。佳佳老闆娘在那邊修片，我就一邊跟她聊天一邊看她怎麼修。」佳佳，高雄老字號的照相館。小廖說他就偷學，後來自己開藝虹，這偷學的經驗就派上用場了。

準備兩支鉛筆，一支軟的，一支硬的，軟的2B，硬的H，鉛筆削得長長尖尖，然後用燈箱，用放大鏡。我看過小廖修片，在晚餐過後客人少的時候，一邊聽收音機一邊修片。他不急，一張一張慢慢來，眼角的皺紋，臉上的法令紋，那些細紋需要銳利的眼，穩當的手。阿美就沒法修片，她的手會抖。

一張底片，小廖要修五到十分鐘，遇上畢業季，有時一天拍五十個，光是修片就得花上六、七小時。打烊後小廖拉下鐵門，繼續修，直到晚間十二點。

「你媽不知道，有一次我介紹客人去佳佳拍。」小廖說。「那位校長啊，我看他的臉好多皺紋，我就叫他去給佳佳老闆娘拍。」

我聽不懂，不懂小廖把客人介紹給同行做是什麼意思，是因為臉上皺紋太多，修片會花掉太多時間？因為太忙了覺得做不來？而且小廖是要怎麼說，怎麼叫對方去別人家拍？

「看到那個皺紋，我知道我一定修不過啊。我就說，佳佳老闆娘修片技術很好，她一定可以幫你修得很帥。」

小廖說怕修不過，而不是會花太多時間。「我有自知之明，我功夫還沒有好到可以把那位校長的臉修過。」小廖說那位校長去讓佳佳拍，喔，很滿意啊，「後來他的照片還是給我們洗啊，他的家人要拍照也都來我們這裡。」

怕修不過，叫客人去給同行拍，難怪小廖不敢讓阿美知道。但我覺得阿美好像知道。阿美有時會說，「你爸很直，不知變通。」「你爸會嫌太忙，把工作都讓給別人。」但我好像明白小廖在這件事上的想法，工作已經滿到天邊去了，把自己可能無法做得夠好的工作轉出去，不用那麼累，同行能賺錢，客人又滿意，有什麼不好呢？而且那位校長，因此很信任小廖。

客人對小廖和阿美，似乎都有一種信任。

有次看阿美出照片，我不知道其他沖印店是怎麼做的，但阿美出照片是一張一張看。她動作很快，一疊照片拿起來咻咻咻從左邊掃到右邊，看到不行的，就抽出來撕掉。可是有些照片很尷尬，不好確定，她就會問小廖，這張是不是太紅？這張是不是太黃？在我看來好像只差一點點，但他們覺得不行就會撕掉重來。

看店裡的照片看久了，也讓我對照片有了敏感。

北上讀工業設計時，要為作品拍照，家裡雖然是開沖印店的，洗照片不用錢，但拍完要把底片寄回高雄太大費周章了。學校附近有沖印店，還是就近洗，最穩定的客源大概就是我們這些設計系的學生。我拿底片去洗，幾次洗下來都覺得不太對，偏紅，不是很偏，就是稍微，是小廖阿美會打掉重洗的那種。這時我感到兩難，覺得不是很滿意，卻又不好意思叫別人重洗。我在心裡問老闆：這如果是你們自己家的相片，你過得去嗎？

小廖和阿美，是當成自己的照片在洗。

學校放假時偶爾去店裡幫忙，除了沖底片剪底片整理底片，最常做的是整理相片。有些店裡的老客戶，一次沖好幾卷而且一定加洗，小廖阿美會要我幫忙裝相片，「照片按照順序裝，這樣人家要畫加洗才方便。」底片和相本上有編號，哪一本相本對哪一卷底片，清清楚楚一目瞭然。

我跟小廖一搭一搭的聊著。有時是刻意問，有時是在客廳看影片，他走出來閒聊。

「你知道為什麼高師大碩士都來給我們拍嗎？」小廖這樣問，我說不知道，其實已經聽很多遍了。「有個老師對我們很好啊，他介紹我們去買碩士服。碩士服不是都有分學院嗎？披肩跟帽穗顏色不一樣，有五組配件。我們有衣服，人家來拍很方便。」小廖說著我不曉得聽過幾次的故事，「那位老師對我們太好了。」

「嗯嗯。」我敷衍著。小廖繼續說。

「有一次一天拍五十個。」

「嗯嗯。」

「樓上沒有冷氣啊，大家都在等，我就請他們在一樓等。一次三個三個上去。」

「嗯嗯。」

「忙起來連上大號的時間都沒有。」

「嗯。」

「你知道有一次我長皮蛇嗎？」

「知道啊。」

「那時候藝虹剛開沒多久，遇到換發身分證，真的是忙死了。」

等等，我不知道。我不知道那是在藝虹剛開沒多久的時候。有印象老爸長皮蛇，記得媽媽跟我說長皮蛇很痛，但如果是藝虹剛開沒多久，代表我應該還在讀高中？跟老爸同住的我卻完全沒有印象，這讓我很驚訝。一直以為那是在我北上讀大學，不住家裡的時候。

「長皮蛇很痛吧？不是說長了快一圈？」我現在才關心小廖，彷彿為自己的缺席與失憶關心。

「一個禮拜就好啦。」小廖也不說痛不痛，「我還有半邊沒長，可以側睡。」我沒聽過小廖說身體的病痛。

有時店裡忙起來，阿美情緒會很差，阿美也不喜歡自己這樣，但她就是沒辦法。小廖從外邊回來晚了，阿美就炸。阿美的緊張是內在，爆出來就是炸。以前去店裡幫忙，聽到阿美唸小廖，我都覺得難受，連阿美自己都難受，「你爺爺會跟我說我這樣不好。」但她控制不了，她壓力太大，她反射到小廖身上。「你媽對誰都好，就對我兇。」

小廖沒有對阿美兇過。小廖的壓力反應在他長皮蛇，他脹氣無法消化。但小廖不會說痛，他總是笑笑的，彷彿皮蛇是皮蛇，身體是身體，他是他。

我聽著爸爸說話。他一說話，也會說很多，但不會往心裡去。也可能他沒有什麼心裡的話。我不曉得別人家的女兒跟爸爸的關係是什麼樣，小廖令我感覺到親近又疏遠。小時候去店裡，他會問要不要吃巧克力，要不要吃冰淇淋。我跟父母僅有的互動就是我去店裡，而他們待在店裡的時間幾乎是所有的生活。

高中放學，我從左營搭車回到市區，若再去補習，或去畫室，或跟朋友在外鬼混，每天見到阿美的時間是晚餐後，見到小廖的時間是十點。見了面應該也只是打聲招呼，彷彿我是我，小廖是小廖，只是在同一個屋簷下，但那時還是青少年的我，不會在意這樣的事，十七歲的我活在自己的世界。

高中畢業後很快就上台北了，半年一年才回家一次。店裡生意依舊很好，小廖阿美依舊忙碌，我有種小廖阿美會永無止盡忙碌下去的錯覺。二〇〇三年，數位相機漸漸普及，連我也開始少用底片拍照。二〇〇五年，店裡的底片空殼從一天一整桶，變成一個月只有一桶。我望著那些日漸稀少的底片空殼，第一次感覺到，底片好像真的快要消失了。

我決定用這些底片空殼來做些什麼。

我在透明膠片上寫了故事，寫了詩，將它們接回底片空殼的片頭，將一個個故事捲回底片殼裡。我在創意市集擺攤，讓底片以故事的樣子呈現在人們眼前。我看著人們經過攤位，「是底片耶！」他們拉開底片，發現裡面是故事、是詩，他們感到既熟悉又新奇。那時還不知道，二〇〇六年，將是小廖阿美經營藝虹的最後一年。

二〇〇六年，我帶著數位相機到店裡拍照。忘了是拍照之後才知道小廖和阿美要把店頂讓出去，還是知道後才特地回來。總之那天，我第一次站在店門前，拍下藝虹彩色沖印的門面。「藝虹」兩個大大的綠色圓體字，下方有著「富士快速沖印示範店」的字樣，玻璃門面上貼著各式海報——「證件照、學士照、碩士照」「四乘六相紙，備有珍珠面、亮面」「九十四年全面換發身分證拍照處」。當我重看這些照片，才意識到那是他們頂讓前最後一次換發身分證。[35]

我從門面拍到櫃台，陳列即可拍與電池的玻璃櫥窗，收件格裡擺著客人待取的底片和照片。收件處上頭的格櫃，陳列著各式相框，相框內的照片經常是我，小廖和阿美總喜歡放大我的照片。櫃上有著各廠牌的軟片，那是個彩色負片一卷只要七十元的年代，現在彩色負片一卷漲到四百五了。

我拍著富士綠白為底的櫃台，拍著小廖。我要小廖坐在櫃台後，小廖雙手叉腰，對著我笑。二〇〇六年，小廖五十六歲，穿白色帶著橫條紋的襯衫，對著我笑。

我繼續往裡面拍，拍沖片機、快速沖印機、吊底片的夾台、沖片時黏貼底片的透明片夾、黑色暗箱。拍阿美的時候，阿美說，不要拍我。阿美總說自己老，但五十三歲的阿美，看起來才四十出頭。

我走到二樓，拍下簡易攝影棚，背景布、一二〇雙眼相機、攝影棚燈。我請小廖坐在背景布前，替小廖拍下全身照。

二〇〇六年藝虹頂讓前，小廖攝於櫃台。

藝虹快速沖印門市。

後記

跟小廖去暗房

學暗房，先學沖片。將底片捲入片圈，再將片圈放入沖片罐，注入藥水，搖晃。這動作不難，難的是得先學會摸黑，將長長的底片順利捲進片圈。

拉出底片頭，將邊角修成小圓弧，「右手按住底片，左手放；左手按住底片，右手放……」「你先用廢片練習，在有光的狀態下把底片捲入軌道，做到很熟練後，就閉上眼睛試試看，等一下可是要摸黑捲片。」傑生說。

傑生教我暗房，我看著他左手右手轉動，底片就乖乖的前進，一步一步進入片圈軌道，但我就沒那麼順利。我接過片圈和底片，先將底片推進片圈的齒溝，接著左手右手開始動作。我轉動片圈，發現底片沒有前進，或是前進了幾步後，又退回來。看起來很簡單的動作與原理，為何我做不出來？我試著用腦袋理解，要如何讓底片順著走進軌道？可是我越想去理解，就越不知道手該怎麼動。我無法前進，覺得自己的手很笨。

無法讓底片順利捲進片圈，我發現自己在冷氣房裡冒汗。我一邊轉動片圈一邊想，那阿美呢？阿美第一次上片圈是什麼樣子？阿美的手比我還笨，身體的協調感差，個性比我更容易緊張，她學會上片圈是不是花很多時間？後來又想，阿美做的是自動機放，說不定沒有捲過片圈？捲片圈應該是做手工的小廖在做的事。

試了兩三次都沒有抓到訣竅。傑生試著指出我的錯誤。儘管如此，我還是沒能順利前進。我意識到自己太緊張，太想用腦袋去理解。我應該放棄用腦袋想，用手去感覺。我的手照著傑生的手做，回想他手指的動作，就那樣模仿。很神奇，手指動起來了，底片也順利地往前走了，手指突然明白該怎麼左右左右。像騎腳踏車，不是腦袋明白，是身體明白。

終於順利將廢片捲進片圈。重複了四次之後，傑生問OK了嗎？等一下就要關燈正式來了喔。再讓我試一次，我說。

沖片後是放相。黑白放大機的操作，如何決定放大尺寸、調整焦距、做試片，傑生從頭教我。藥水調配比例、顯影、定影的時間。當我看見影像漸漸浮出，有種魔法的感覺，真是百看不厭。但真的嗎？如果真的看了一百次，我還會這麼覺得嗎？

之後，我又學了彩色暗房。

「黑白顯影像魔法，彩色顯影像魔術。」我都跟朋友這麼形容。

電影很喜歡拍黑白暗房的顯影過程，黑白可以有安全燈，有紅紅的光，你可以看見影像如何顯影，畫面像魔法般浮出，一秒、兩秒，三秒，漸漸清晰。而彩色顯影不能有光，在全黑的情況下，根本不知道那是怎麼變的，只知道空的相紙進去，隨著讀秒，然後燈亮，不是黑掉就是完成，記憶中的影像瞬間映在相紙上，看不見那是怎麼變的，就出現了。

建翰教我彩色暗房。他貼了螢光貼紙在等會要摸黑操作的設備上，小小的螢光貼紙彷彿星星的光，告訴我方位——這顆星星是放大機，那顆星星是曝光按鈕，這顆星星的位置是顯影，那顆是定影。我調整鏡頭光圈、對焦、設定曝光秒數，全都摸黑進行。相紙擺在右邊，摸黑取出相紙，置於格版，曝光一點五秒。戴上手套，找到顯影的星星，將相紙滑進沖紙罐，水溫溫的，一秒、兩秒、三秒，我聽著暗房中不間斷的節拍器讀秒，答答答答，答答答答。整個下午到晚上，暗房迴繞著答答答答，像是一直存在的心跳聲，不去注意不會聽到。顯影四十秒，定影三分鐘，安定，過水，開燈。啪，一年前在黃昏下拍的貓咪，映在相紙上。

原來這就是一張照片的誕生。我終於能想像小廖的暗房。

稍稍熟悉暗房工作，我問小廖要不要跟我去暗房。小廖問做什麼？「看你會不會想起一些沒跟我說過的事啊。」小廖說好啊，「反正老爸也沒事。」去暗房的那天，才意識到這是我跟小廖第一次小旅行。除了小時候搭夜車從高雄去台北，我跟小廖沒有一起去過台灣其他的縣市。想來覺得有點不可思議，卻又稀鬆平常。

搭高捷到高雄車站，橘線轉紅線。小廖極少搭捷運，一邊等車，我一邊說明如何轉乘。小廖說，要是你媽自己搭就不行了，她沒方向感。「而且她會暈車。」我說。以為阿美退休後或許有一同出遊的機會，可阿美會暈車，坐火車暈，搭公車也暈。我們聊起阿美，小廖說你媽這個身體，從年輕就不好，「現在還重聽。」這個重聽，不是因為年紀衰老。忘了是哪一年，阿美接受聽力測驗，聽器受損至傷殘等級，「你媽的耳朵，就是每天打相片打到壞掉。店裡那麼小，每天兩台機器在那邊轉，打相片又打那麼久，每天在那邊嗡嗡嗡。」

我跟小廖坐在候車椅上，突然想起好久沒跟小廖一起拍照了，明明小廖從前是洗照片的，但我成年後與小廖的合照卻少之又少。「我們來拍照。」我對小廖說，接著拿起手機，朝小廖按了快門。「快門」之於手機只是一個與快門同義的功能，卻不是真正的機械快門，儘管如此手機還是配有快門音，模仿快門簾打開關起的聲音，彷彿有那麼一聲喀嚓才是拍照。

在鏡頭前小廖自然的比 YA。如果是阿美，阿美會說不要，老了又不好看，有什麼好拍。我拿起手機跟小廖自拍，螢幕上出現我跟小廖的臉。手機自拍，簡單到不需了解攝影原理，只要知道手按哪裡就可以了，而現在，小廖跟著我去台南的暗房，重溫四十年前沒有數位沒有手機，照片不洗出來就看不到影像的年代，那手工藝的魔幻過程。

我問小廖記得哪些器材。「那是黑白放大機嘛，這是彩色放大機。」「那是小的沖片罐，這樣搖搖搖！」你以前有用過這種嗎？「沒有，我們以前是沖一整桶的。這種小的，沒有。」小廖一邊說，一邊做出手提桶子上下搖晃的動作。彩色手工沖印的重點，是要將藥水加溫。我搬出擱在牆邊的淺水槽、裝藥水的罐子、電湯匙、循環馬達、溫控器。設置好後，小廖問我怎麼確定顯影溫度。「溫控器上會顯示啊，我設定三十二度。」我說。

「可是這個三十二度應該是外面水槽的溫度吧？」小廖又問。「這是隔水加熱，外面到了三十二度，罐子裡的藥水應該也會升到三十二度。」我說。

「你怎麼確定現在裡面的溫度也是三十二度？」小廖又補問。他這一問，我才意識到外面的水三十二度，不代表罐子裡的藥水一定就是三十二度。「那你們以前怎麼確定？」我問。「用溫度計量一下藥水啊！」小廖說。

小廖比我想像的更要求精準。

接著是放大機設定。小廖看著那台彩色放大機說，好多灰塵。「這台很少人用。」我說。「要清一下啊！」小廖動手想清。

我拿出要放的底片，小廖問我是用正面還是背面？他這一問我才想起困擾我的問題，我每次都是看了放大後的影像才能確認是正的還是左右顛倒。「亮的那面放出來是正的，霧的那面放出來是反的。」對耶，底片一面是亮，一面是霧，但我不曉得它們的關係。我照小廖的話去做，影像打下來果然是正的。

「帶老爸來還是有用的吧！」小廖說。

接著先做試片，要對焦，但對焦器一直有點看不清楚。「你們還要用對焦器喔？我們以前光打下來，一看就清清楚楚。」我說也可以大概看清楚啦，但用對焦器會更準。「但你們這樣會很慢。」小廖說。

我開始做試片，曝光一秒最剛好，但有點偏綠。

這時小廖給了調整濾鏡數值的建議，並畫圖說明色料三原色與色光三原色。[37]這圖我懂，但小廖的應用方式比起我從前自己看書，更淺顯易懂。

「從前我們做試片，是一個改色員，對六個放相員。」改色員把要放大的底片攤在燈箱上，快速判斷曝光秒數與濾鏡數值，寫在一張表格上，交給放相員去打。「做完第一次試片後，OK就直接放大，不OK就再改一次數值。」小廖說，厲害的改色員經常是一次OK，最多兩到三次。

而小廖他們從前做試條，不像我這樣把一張相紙裁剪成一條一條，一張一張底片在那邊試。「我們有一個叫做試片夾的東西，那是一個鐵框，分成十二個格子，可以同時做十二張底片試片。」同樣都是手工暗房，商業模式是如此分工並講求效率。

我想起小廖年輕時有張照片，他拿著一支鉛筆，坐在桌前，桌上有張紙，他說那是在改色，我看不懂，覺得莫名其妙，現在終於明白。果然帶小廖來到暗房，他又說出我不知道的事。

現在，我跟小廖在暗房，面對著第二次試片，討論接下來濾片數值與曝光秒數。小廖有點興奮，拚命給建議，「你就C40、Y40，曝光四秒。」我心想這樣太多了，但還是先照小廖說的來打。打出來果然太多。「啊，我判斷錯誤。」小廖很阿莎力的承認。

「其實我覺得不用加Y耶，因為那張照片不是太綠，而是有點偏靛藍，可能加C就夠了，曝光秒數兩秒。」

我跟小廖在暗房，看著水槽裡的照片討論。節拍器答答答答，時間在走。

原本想著今天一定要在暗房幫老爸拍照，結果只錄了四十五秒的影像。我不會再說為什麼從前暗房都沒有照片記錄過程了。一進暗房開始動作，時間開始流，眼睛和手專注在眼前的底片與影像，記錄現場的心思就不曉得跑哪去了。

還好一開始，我錄了四十五秒。

看著影片中的小廖，我發現他的側臉微微戽斗；不說話時緊抿嘴唇的下巴，會超過鼻尖。這側臉既陌生又熟悉，陌生是因為從前沒發現過；熟悉是因為，小廖緊抿嘴巴時的下巴線條，跟李鳴鵰一樣。

若不是錄影捕捉了小廖的臉，只憑回想，我不會注意到他的側臉線條。拍的當下我拿持著手機跟著小廖走，眼睛看不見畫面中的細節，許多細節都是事後，看著重現畫面才會出現。相片這種東西，也是。

我曾在拍攝李鳴鵰的影片中，見過幾張他晚年的側臉鏡頭，現在，小廖的臉與李鳴鵰的臉重疊在一起，我不得不驚訝血緣的連結力。李鳴鵰的臉，也疊在我幾個伯伯臉上，不只是臉，那抿嘴唇的方式，他們竟然有如此相似的表情。

我回顧小廖的一生，想著自己與小廖極不相像，而此時我在小廖的臉上，看見了自己的臉。

小廖在菱天擔任改色員時。

註釋

1 「李鳴鵰攝影回顧展」，台北市立美術館，二〇〇九。

2 蕭永盛，《時光．點描．李鳴鵰》，台北：雄獅圖書，二〇〇五。

3 同註2，頁一九。

4 照片沖洗規格，三乘五即三吋乘以五吋，四乘六即四吋乘以六吋。一吋為二．五四公分。

5 雙眼相機（TLR）：Twin-Lens Reflex Camera，又稱為「旁軸相機」。上方鏡頭將影像投影到觀景窗，用來取景與對焦。下方鏡頭用來拍攝，快門打開時是透過這個鏡頭將影像投影到底片上。

6 單眼相機（SLR）：Single Lens Reflex Camera。取景與拍攝共用同一個鏡頭，取景時經由快門前的反光鏡將影像反射，透過稜鏡投影到觀景窗。快門打開時，反光鏡升起，鏡頭將影像投影到底片上。

7 傻瓜相機：又稱輕便相機、全自動相機。只要將鏡頭對準被攝物並按下快門，相機會自動完成所有步驟，簡單到「連傻瓜都會使用」，因而有此稱呼。

8 「臺灣傑出攝影家紀錄片——李鳴鵰」，國立台灣美術館、國家攝影文化中心、和道創作研究社，二〇二一。

9 參見〈最低工資（基本工資）之制訂與調整經過〉，「Workforce 勞動力量」網站。https://twworkforce.com/laws/basic-wage/。

10 參見「國民所得與經濟成長統計資料庫」。https://nstatdb.dgbas.gov.tw/dgbasAll/webMain.aspx?sys=100&funid=dgmaind。

11 裝一二〇底片格式的中型片幅相機。

12 同註8。

13 彩色暗房的安全燈與黑白暗房所使用的紅色安全燈不同。彩色相紙對所有光線都會反應，但對深墨綠色的光譜反應慢很多，所以有時候會用深墨綠色的燈當安全燈。

14 五吋相紙：一種相紙尺寸規格。未裁切的相紙如同捲筒衛生紙，是一整卷的，五吋相紙短邊為五吋。三乘五相紙即裁切成三吋乘以五吋，五乘七相紙即裁切成五吋乘以七吋。

15 試片、試條：正式放大相紙前，會先做小區域的試片，以確認曝光與濾鏡數值正確。做試片的相紙稱作試條。

16 片基：作為底片感光乳劑的基底材料。不同廠牌的底片，片基顏色略有不同。

17 恆昶：一九四九年，沈善慶於台北市南京西路成立「恆昶照相材料行」。一九五〇年，成為日本富士台灣總代理商。一九六八年，成立台灣第一家機器沖印廠「遠東彩色沖洗有限公司」。

18 杜槿，〈【名單之後】當肖像畫遇上照相術——職業畫師羅訪梅與他的畫館事業〉，「故事」網站，二〇一九。https://reurl.cc/9DR5vX。

19 簡永彬等，《凝視時代——日治時期臺灣的寫真館》，新北市：遠足文化，二〇一九。

20 Cibachrome 的相紙材質是一種聚酯（polyester），不是纖維紙。它比一般相紙有更多層感光乳劑，感光乳劑越多層，色彩層次也就越豐富。

21 鄧騰煇（鄧南光）於一九三五年在台北京町（今博愛路）開設「南光寫真機店」，一九四五年因二戰空襲而關店，一九四六年重新於衡陽路開設「南光照相機材行」。張才於一九三六年在台北太原路成立「影心寫場」，後長年寄居上海，一九四六年返台後於延平北路開設「影心照相館」。

22 蕭永盛，《影心．直情．張才》，台北：雄獅圖書，二〇〇一，頁二二。

23 航空片因年代有不同型號。按時間推敲，當時所用的航空片，可能為九九式航空寫真機十五釐的相機所使用的底片，寬度九公分，長度二三〇公分。將寬度裁掉三公分，剛好可以做成兩卷一二〇底片。

24 一二〇底片是柯達伊斯曼公司為其早期生產的相機 Brownie No.2 所研發的底片，一二〇是其產品的編號，屬於中片幅底片，寬度為六公分，可因應不同相機的設計拍攝出六乘四點五、六乘六、六乘七、六乘九或是六乘十二等不同片幅的尺寸。

25 同註2，頁一一〇。

26 周志剛，〈紀念老朋友李鳴鵰兄〉，《台北攝影》，第五九四期，二〇一三。

27 同註8。

28 莊靈、蕭永盛著，余思穎編，《李鳴鵰攝影回顧展》，台北：台北市立美術館，二〇〇九。

29 參見張照堂，〈歲月壽鎰〉，張照堂部落格「新哆啦老師的又一天」，二〇一一。https://reurl.cc/3Ke57V。

30 黃則修（一九三〇—二〇一四），新聞記者，台灣攝影家。曾擔任《徵信新聞報》（後為《中國時報》）顧問，一九八〇年登「世界名人錄」。長期任教於實踐大學台北校區，並帶領學生定期維護校內之石板屋建築。

31 一九七四年的國民平均所得，一個月是二千六百八十三元。參見「國民所得與經濟成長統計資料庫」。https://nstatdb.dgbas.gov.tw/dgbasAll/webMain.aspx?sys=100&funid=dgmaind。

32 瓠仔臉，台語，形容一臉想哭的樣子。

33 鄭治芬，〈傳統沖印店整合轉型新面貌〉，《2017 中華印刷科技年報》，二〇一七，頁四三五。

34 參見「台灣攝影史大事記 1971～1990」。https://reurl.cc/VY4546。

35 〈高市「半百」相館創辦人白手起家〉，大紀元新聞，二〇〇三。https://reurl.cc/AM0R0p。

36 中華民國第六代身分證，於民國九十四年十二月二十一日起至九十五年十二月三十一日起全面換發。

37 色料三原色是黃（Yellow）、洋紅（Magenta）、青（Cyan），簡稱 YMC。色光三原色是紅（Red）、綠（Green）、藍（Blue），簡稱 RGB。彩色放大機的濾鏡是以 YMC 進行調整。

附錄

李鳴鵬、小廖與阿美、彩色沖印發展對照年表

年代	李鳴鵬	小廖與阿美	彩色沖印發展
一九二二	● 出生於桃園大溪。		
一九三五	● 十四歲。應叔父廖良福之邀，至大溪學場當學徒。		● 柯達開發出柯達克羅姆（Kodakchrome）彩色膠片
一九三九	● 十八歲。為台北三家照相館修整底片，存下一筆積蓄，購買日本中高級一二〇小西六照相機。		
一九四〇	● 十九歲。前往中國廣州，入嶺南美術學塾，研習水彩畫。		
一九四一	● 二十歲。與同樣來自台灣的洪汝修等友人，開設大和寫真館。		● 六櫻社發表日本最早的反轉底片（即正片）「櫻花天然色底片」。
一九四二	● 志願入伍，駐紮廣州市郊之日本南支派遣軍「防疫給水部」衛生部隊，從事預防傳染病之文宣繪圖工作。		
一九四三	● 退伍，返回廣州。十一月遷居香港九龍，受聘於某小型造船廠，擔任日文顧問。		

一九四五	●日本投降。在港之英軍與香港警察將台籍人士視為日本人，強行送入集中營。		
一九四六	●一月，返回台灣。 ●三月，於台北市榮町二丁目（今衡陽路）開設中美行照相材料部（後更名為「中美照相器材行」）。 ●五月，與廖月結婚。		
一九四七	●九月，長男李道一出生。 ●十月，以獅頭山為起點，環遊中南部十二天，拍攝採用新進口柯達雙X全色片。許多經典作品如〈牧羊童〉即當時所拍攝。		
一九四八	●當選第二屆台北市照相器材商業同業公會理事長。 ●偕鄧南光訪永樂町上林花大酒家，經老闆謝輝生贊助，於屋頂花園舉辦私人攝影會。 ●九月，參加沙崙海水浴場攝影活動。 ●十月，參加《台灣新生報》三週年攝影比賽。與張才、鄧南光被譽為「攝影三劍客」。 ●十二月，次男李道寬出生。		
一九四九			●攝影家林權助沖洗出第一張林照相館門面照片。確切時間無法確定，可能落在一九四九到一九五一年間。

一九五〇		● 小廖出生於台北西門町，排行老四。	
一九五一	● 三男李道真出生。 ● 推出《台灣影藝月刊》創刊號。		
一九五三	● 三月，在台「中國攝影學會」成立，被選為理事。 ● 五月，經日本三菱製紙株式會社及小西六寫真株氏會社安排，赴日本東京，在「日本寫真學會」年度會員大會中，以〈中日未來之攝影交流與寫真機材交易的展望〉為題，進行日文演講。	● 阿美出生於宜蘭羅東，排行老三。	● 東洋寫真工業開發第一支彩色負片「東洋彩色底片」上市。
一九五四	● 與鄧南光、張才，每個月於「美而廉」餐廳舉辦「台北攝影月賽」。 ● 三月，成立「台北市攝影會」。		
一九五七			● 小西六寫真工業開發負片成功，「櫻花彩色負片」上市。
一九五八	● 「中美照相器材行」更名為「新中美貿易有限公司」。		● 富士彩色跟進開發彩色負片，當時感光度大約在ASA16-32之間。
一九六〇	● 新中美開設台中、高雄分公司。		
一九六一			● 羅訪梅照相館開始從事手工彩色沖印，為台北最早規模化沖洗彩色照片的照相館。同時代理日本櫻花底片。

一九六三		●小廖進入成淵中學就讀。	
一九六四			●日本櫻花 Sakura Color 100 彩色底片面世。
一九六六		●小廖進入北市高工（現大安高工）機械科就讀。	
一九六八	●新中美設立菱天沖印廠。	●阿美進入蘭陽女中就讀。	●富士代理商恆昶成立「遠東彩色沖印廠」。 ●「天然彩色」、「菱天彩色」等大廠同期設立沖印公司。此時至一九八〇年，為傳統沖印階段。
一九六九		●小廖進入菱天彩色沖印當學徒。	
一九七二		●阿美就讀文化大學夜間部，白天在菱天擔任放大照片的作業員。	
一九七四		●小廖退伍，回菱天上班。	
一九七五	●《攝影天地》創刊號推出，發行人劉在琳、社長莫一明，總編輯湯思洋，其餘七名均為編輯顧問，李鳴鵰占一席。		
一九七六		●小廖與阿美結婚。從台北遷居高雄，開設洋洋手工彩色沖印。	

一九七七	●新中美貿易代理瑞士CIBAGEIGY公司的Cibachrome系統，可以直接將正片沖洗成照片。 ●新中美的沖印公司，除原有的台北菱天，更擴展出台中天麗、高雄海天。	●十一月，女兒廖謎出生。 ●洋洋歇業。小廖與阿美回到台北，於朋友投資的彩色沖印公司上班。	
一九七八		●小廖與阿美到阿美故鄉羅東開設手工彩色沖印店。一週後歇業。	
一九七九		●小廖與阿美搬回高雄，在新中美旗下的海天沖印公司工作。	●永準貿易股份有限公司成立，代理櫻花軟片，以及Copal彩色快速沖印機。 ●華大向永準購入彩色快速沖印機。
一九八〇		●六月，兒子出生。	●新中美代理日本諾日士（Noritsu）快速沖印機。 ●銀箭彩色透過新中美購入快速機，為第一家將門市與沖印機結合的店家，喊出四十分鐘快速交件。 ●一九八〇到一九九〇，可謂彩色快速沖印的成長期。主要大廠包括柯尼卡、三上彩色、富士彩色、柯達彩色等。
一九八一		●小廖應朋友之邀，舉家搬至台南媽廟，栽種菇類。半年後遇三七水災，搬回高雄。小廖回海天工作。	

一九八二			● 全自動曝光的傻瓜相機逐漸普及。
一九八三		● 彩色快速沖印店如雨後春筍開立。李道寬派遣小廖協助門市設定沖印機。	
一九八七		● 李道寬前往中美洲多明尼加開拓彩色沖印市場，小廖一同前往。 ● 阿美回三上彩色沖印公司上班。	
一九八九		● 小廖回台灣，於弘升彩色沖印公司上班。	
一九九一	● 《攝影天地》第一七七期推出「資深攝影家作品系列」，首檔為「李鳴鵰專輯」。 ● 出版《李鳴鵰攝影集——光復初期台灣風貌》。		● 一九九一到二〇〇〇，為彩色快速沖印門市黃金期，全台約有三千五百家門市。
一九九二	● 台北市立美術館典藏作品十五幅。數年後，省立美術館典藏十幅，高雄市立美術館三幅。		
一九九四	● 出版《人生旅途》彩色攝影集。 ● 十二月上旬，台灣老中青三代十四位攝影家，以「看見淡水河」為題，於法國巴黎舉行公開展覽會。一九四七年作品〈牧羊童〉入列。	● 小廖與阿美頂下高雄藝虹彩色快速沖印店。	

一九九五	●張照堂主編的「台灣攝影家群象」出版，李鳴鵬為其中一冊。		
一九九六	●江蘇省瀏海粟美術館珍藏〈牧羊童〉。		
二〇〇〇	●台北市政府將攝影作品〈鄉間一景〉翻製成大型海報，懸掛於市府捷運站廣場，作為「看見台北——城市百年」影展宣傳海報。		●彩色沖印店開始投入數位影像服務。
二〇〇三			●數位相機逐漸普及。
二〇〇四	●國立台灣美術館典藏作品四幅。國立台灣歷史博物館典藏十一幅。		
二〇〇五	●應台灣國際視覺藝術中心之邀，將三十六幅黑白作品、三十二幅海外拍攝的彩色作品，進行義賣，所得七成捐贈老人之家及喜憨兒基金會。 ●文建會與雄獅美術合作出版「美術家傳記叢書」《時光・點描・李鳴鵰》。		
二〇〇六		●不敵數位化，小廖與阿美頂讓藝虹彩色，退休。	●二〇〇六年換發身分證，為沖印產業最後一波熱潮，之後生意每況愈下。沖印店大幅縮減至一千八百家。富士連鎖與加盟店，由原本近千家縮減至一百三十家。

二〇〇九	● 一月，台北市立美術館舉辦「李鳴鵰攝影回顧展」。
二〇一一	● 八月，「攝影三劍客眼中的百年台北」展覽於撫台街洋樓舉辦。
二〇一三	● 六月三日，出席「鏡觀寶島山．河——攝影家眼裡的台灣大地」特展，為最後一次公開露面。 ● 六月二十二日辭世，享年九十二歲。
二〇一六	● 攝影文化中心典藏作品約一百二十幅。

謝辭

截稿前，將初稿給阿美。時間很趕，給的是ＰＤＦ的稿子，阿美得用筆電螢幕看，但她還是在短短幾天內讀完。我回家時她拿了一張紙，上頭手寫記錄了滿滿的字。「也不是一定要改，但就是一些小細節。」她讀得很細，一邊向我指出小處細節的缺漏，一邊說無傷大雅。她一條一條接著講下去，說到照片時，語氣突然轉折。

「那些照片，你要用在書裡都沒關係，但是書的封面，媽媽不喜歡一張大大的獨照很明顯在那裡。」「如果是小小的一張還可以，媽媽不喜歡拋頭露臉。」阿美再次表達她的顧慮，「你寫的這些也不是不好的事，但如果有認識媽媽的人看到，就會知道媽媽這些年是怎麼過的，我不是很喜歡讓別人知道。」可她說著說著，最後又說，沒關係啦，都這個年紀了，管別人怎麼看怎麼想。

「我也是很傷腦筋，你想要了解爸媽的工作，挖著挖著把好的不好的都挖出來了。」但想想也是很難得，一般兒女也不一定會去追父母的生平，而且沖印這個，好像真的沒有人寫。阿美說她覺得還滿好看的，「但因為這是在寫我的事啊，其他人會覺得好看嗎？」

小廖在一旁坐著，看著我與阿美。阿美問，你有沒有什麼顧慮？小廖說沒有，他都沒關係。接著他看著我，「我跟你媽要結婚的時候，什麼都沒有，你外婆反對啊。」沒錢沒房沒車，就只有技術而已。小廖說。

技術，我想知道的就是那些，小廖阿美是靠什麼養活我的。我聽小廖說起暗房工作，卻有聽沒有懂，我在邊邊繞著，想著切入點。彩色手工暗房現在極少人做，沖印產業的變化也沒人做過系統研究，我像是在寶山的表面敲礦，卻不知道要怎麼敲才能進入核心。

好不容易從邊緣漸漸往內走，卻發現想知道的太多，像是手工沖印器材的樣子、演變，看到那些器材照片時很興奮，但挖著挖著我開始想，一般人會想知道這些嗎？比如不同年代沖紙桶的變化，對大眾來說是否太冷門太邊緣？

國藝會的創作補助初稿，寫了十四萬字，內容亂且紛雜，小廖阿美的故事是一條線，沖印器材的知識和技術是一條線，攝影家三叔公李鳴鵰又是一條線，他們沒有串在一起，沒有變成一個故事，而我不知該如何取捨。放置一段時間後，又重新回頭看，我問自己，對我來說最重要的是什麼？拉遠之後反而清楚，最重要的是小廖阿美，我的父親母親。因為小廖阿美，這段沖印產業史才對我格外有意義，也因為小廖阿美，我才會往前追溯攝影家三叔公李鳴鵰。

小廖阿美的故事容易親近，三叔公卻很遙遠，不僅是年代，也因他已不在世，我無法親見此人，透過與他真實的互動來書寫他。

所幸叔叔李道真與嬸嬸嚴瑞滿，代我與台灣攝影博物館文化學會牽起了線，這是李鳴鵰晚年時交流互動最為熱絡的團體，我結識了現任理事長洪世聰與祕書黃麗珍，又透過他們認識了攝影家莊靈與全會華。二〇二二年，麗珍姊幫我邀約莊靈與全會華在伊通公園（ITPARK 當代藝術空間），兩老一碰面便笑稱許久不見，一搭一唱的說著從前與李鳴鵰互動的種種。

我回想那天碰面時，全老師說到他邀李鳴鵰展覽，李鳴鵰翻出一張照片，是台北九號水門，他一看非常驚豔，水門的構圖剛好成為一個框，將水門外的景色框在裡頭。「而且那張是孤品，已經沒有底片了。」照片的拍賣價格非常好，最後李鳴鵰將展覽拍賣所得七成捐給老人之家與喜憨兒基金會。我聽著兩老說話，試著去想像他們眼中的李鳴鵰，將他與自己記憶中，唯一一次見到三叔公的印象連接起來。

伴侶曾問我為什麼想書寫這個題材，我說，因為我爸媽年紀大了啊，再晚記錄就沒有了。本書田調的時間是二〇二二年初，當時李鳴鵰的五弟，新中美的總經理廖名雁還在世，我想著若能拜訪他一定能聽見許多故事，可道寬阿伯說五叔公身體很不好很不好了，「說話會一直喘。」沒過多久，便傳來五叔公離世的消息。二〇二四年，全會華老師也因病離世，那次在伊通公園，麗珍姊錄下了他與莊靈老師對談的最後畫面。

大概是因為這種擔心，感覺應抓緊時間來寫，曾經在沖印年代的人都紛紛凋零了。而機緣很神奇，小廖阿美其實都沒跟從前的同事聯繫了，而當我開始學暗房，去台北相機街的「長勵」買相紙，跟老闆閒聊，問起這家器材行什麼時候開始的，是否經歷過大型沖印廠的年代。我說起菱天，老闆竟然說他知道，「常在隔壁器材行聊天的久伯以前就在菱天上班。」我非常驚訝，這樣也能碰見。說完長勵老闆就帶著我往隔壁走，可惜那天久伯剛好不在。

輾轉得到久伯的聯繫方式，卻礙於新冠肺炎三級警戒，遲遲未能見面。久伯年紀大了，身體不好又易喘，最後我們以電話進行訪談。還記得電話剛接通時，久伯問，「你爸叫什麼名字？」他聽了名字後說，「我們以前一起打過麻將啊！」

類似的巧合與機緣，出現在田調與書寫過程中，但更該感謝的或許不是巧合，而是那很想幫忙的熱情。

麗珍姊也協助我連上銀箭彩色沖印老闆王懷寧，而後發現王懷寧是伯伯李道寬的舊識。當我說起正在學彩色暗房沖印，要找相紙和藥水，銀箭彩色的總經理張先生，慷慨地送了一整組藥水與一批相紙給我，「我沒做過手工暗房沖印，如果你用這些藥水洗出相片，請讓我們知道。」

如果將這些曾經幫助過我，接受過訪問的人，把他們的照片和名字貼在牆上，大概可以拉出像是破解什麼懸案的線條來。拜訪攝影家簡永彬，聯繫上設立「台灣彩色片沖晒公司」的羅重台的後代。攝影家陳春祿找到一張二十年前的名片，聯繫上「萬興沖印器材」老闆張境雄，終於得見小廖口中的彩色手工沖紙桶，也讓我見識到傳產師傅的研發製造精神。

學暗房一定要提到「海馬迴」，位在台南的海馬迴光畫館，樓上有個暗房，感謝空間管理者小玉，以及暗房老師傑生。而我原本以為沒機會學到手工彩色放相，因為現在就算有人在教彩放，也都以沖紙機代勞，後來在網路上蒐到一篇十年前成功大學攝影社學生寫的網誌，作者曾以土法煉鋼的方式進行彩放，自己準備沖紙罐隔水加熱，我竟然順利聯繫到作者建翰，學會了這種非常陽春的沖印方式，讓我得以接近與想像四十年前小廖的暗房。

接近，田調過程的每個人都讓我更接近沖印年代一點點，不論是技術，或是當時的產業生態。感謝每位接受過訪談的人，以及跟我閒聊小時候沖洗照片故事的朋友，無法一一列名，但你們的每句話都加深了我對沖印年代的認識，或勾起我的回憶。

感謝嘉義美術館館長、攝影學者陳佳琦願意為本書寫推薦序。本書責編蔡昀臻向她邀約時，我很緊張，因為她曾讀過我慘不忍睹的第一版初稿，她會願意再看時隔一年後的修改版嗎？直到昀臻傳來好消息，「佳琦答應了。」我心中的大石才放下來。感謝佳琦當初提出許多寶貴的建議，她花了好多時間陪伴一個對攝影和沖印極不了解的門外漢，梳理本書核心。

本書攝影沖印技術校訂李旭彬，因為他我才開啟了學暗房的契機。我經常打擾他，傳訊息問他許多沖印和底片的知識，雖然那些最後都沒能寫進去。我寫的不是攝影專業書籍，但內容提及許多攝影與沖印專有名詞，非本業出身的我實在很怕出錯，感謝他願意為本書校訂。

感謝本書責任編輯蔡昀臻，沒有你這本書很有可能不會出生。「這個真的有人要看嗎？對大眾來說有意義嗎？」當我自我質疑，你給了我極大鼓勵，推我向前進，將擺了一年的書稿再撿回來，重新省視這書寫對自己的意義。我重新梳理軸線，將十四萬字砍成一半，被砍去的那些並非沒有意義，而是成為基底，能說出這沖印故事的基底。

我與親戚們並不相熟，因這次書寫才又與小廖的堂兄哥們，我的伯伯與叔叔有了聯繫。感謝道寬阿伯的阿莎力，你的沖印故事讓那個年代活了起來。感謝道真叔叔授權使用李鳴鵰攝影作品與照片，謝謝嬸嬸嚴瑞滿居中聯繫。

感謝國藝會，讓這本書有了起頭，得以有機會繼續往下。寫作之初我常想，一般人提到攝影，著重的都是攝影作品與攝影家，但其實攝影對絕大多數的人而言，是拍照、是生活記錄。我的父母並不擁有攝影專業技術，也沒有沖洗過能夠留名的攝影作品，他們洗的照片就是量產的商品，不是藝術品，不是需要被留下來特別研究的照片，但這些對他人不一定有意義的照片，我們卻會看著它笑、看著它哭。

我看著我的家庭相簿，看著小學五年級的弟弟，有幾張照片，都擺出了身體往前傾，膝蓋些微彎曲，將手撐在膝蓋上的姿勢。弟弟單眼皮，嘴角微微上揚。為什麼弟弟會擺出這樣的姿勢呢？從前沒有注意過。昨天夜裡，我夢到弟弟了，夢裡的我在搭公車，想到自己好像很久沒有跟弟弟說話了，然後才突然想起，弟弟已經離開我了。

看著我跟弟弟小時候的照片，我好感謝，好感謝爸爸把我們拍了下來，媽媽將它沖洗出來。

——二〇二五年四月十七日

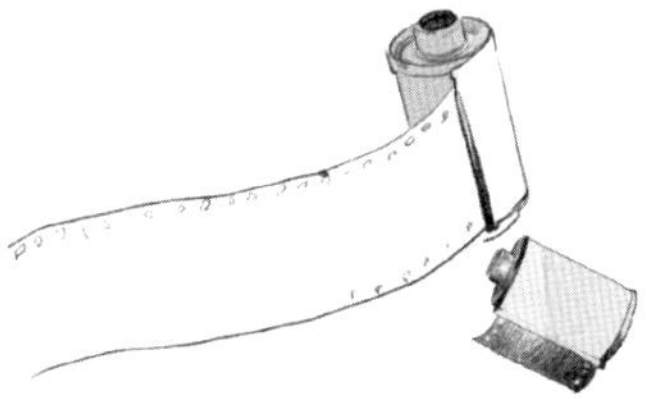

國家圖書館出版品預行編目(CIP)資料

小廖與阿美的沖印歲月,還有攝影家三叔公/廖謎著.
-- 初版. -- 臺北市 : 遠流出版事業股份有限公司,
2025.06

面； 公分. -- (綠蠹魚 ; YLM45)

ISBN 978-626-418-184-6(平裝)

863.55　　114005290

YLM 45

小廖與阿美的沖印歲月，還有攝影家三叔公

作　者／廖　謎
主　編／蔡昀臻
美術編輯／丘銳致
行銷企劃／黃冠寧
封面設計／廖韡設計工作室
攝影沖印技術校訂／李旭彬
總 編 輯／黃靜宜

發 行 人／王榮文
出版發行／遠流出版事業股份有限公司
地址：104005台北市中山北路一段11號13樓
電話：（02）2571-0297
傳真：（02）2571-0197
郵政劃撥：0189456-1
著作權顧問／蕭雄淋律師
輸出印刷／中原造像股份有限公司
2025年6月1日 初版一刷
定價400元

Printed in Taiwan
ISBN 978-626-418-184-6
遠流博識網 http://www.ylib.com
E-mail: ylib@ylib.com

本作品獲財團法人國家文化藝術基金會創作補助